la justicière

GUY DES CARS	*ŒUVRES*
L'OFFICIER SANS NOM	*J'ai Lu* 331**
L'IMPURE	*J'ai Lu* 173***
LA DEMOISELLE D'OPÉRA	*J'ai Lu* 246**
LA DAME DU CIRQUE	*J'ai Lu* 295**
LE CHÂTEAU DE LA JUIVE	*J'ai Lu* 97***
LA BRUTE	*J'ai Lu* 47***
LA CORRUPTRICE	*J'ai Lu* 229**
LES FILLES DE JOIE	*J'ai Lu* 265**
LA TRICHEUSE	*J'ai Lu* 125**
AMOUR DE MA VIE	*J'ai Lu* 516**
L'AMOUR S'EN VA-T-EN GUERRE	*J'ai Lu* 765**
CETTE ÉTRANGE TENDRESSE	*J'ai Lu* 303**
LA MAUDITE	*J'ai Lu* 361**
LA CATHÉDRALE DE HAINE	*J'ai Lu* 322***
LES REINES DE CŒUR	
LE BOULEVARD DES ILLUSIONS	
LES SEPT FEMMES	*J'ai Lu* 347***
LE GRAND MONDE-1	*J'ai Lu* 447***
LE GRAND MONDE-2	*J'ai Lu* 448***
SANG D'AFRIQUE-1	*J'ai Lu* 399**
SANG D'AFRIQUE-2	*J'ai Lu* 400**
DE CAPE ET DE PLUME-1	*J'ai Lu* 926***
DE CAPE ET DE PLUME-2	*J'ai Lu* 927***
LE FAUSSAIRE (DE TOUTES LES COULEURS)	*J'ai Lu* 548****
L'HABITUDE D'AMOUR	*J'ai Lu* 376**
LA VIE SECRÈTE DE DOROTHÉE GINDT	
LA RÉVOLTÉE	*J'ai Lu* 492***
LA VIPÈRE	*J'ai Lu* 615****
LE TRAIN DU PÈRE NOËL	
L'ENTREMETTEUSE	*J'ai Lu* 639****
UNE CERTAINE DAME	*J'ai Lu* 696****
L'INSOLENCE DE SA BEAUTÉ	*J'ai Lu* 736***
LE DONNEUR	*J'ai Lu* 809**
J'OSE	*J'ai Lu* 858**
L'ENVOÛTEUSE-1	*J'ai Lu* 1039***
L'ENVOÛTEUSE-2	*J'ai Lu* 1040***
LE CHÂTEAU DU CLOWN	
LA JUSTICIÈRE	*J'ai Lu* 1163**
LE MAGE ET LA BOULE DE CRISTAL	*J'ai Lu* 841*
LE MAGE ET LE PENDULE	*J'ai Lu* 990*
LE MAGE ET LES LIGNES DE LA MAIN	
...ET LA BONNE AVENTURE	
...ET LA GRAPHOLOGIE	*J'ai Lu* 1094****
LA FEMME QUI EN SAVAIT TROP	
LA COUPABLE	

GUY DES CARS

la justicière

Éditions J'ai Lu

LE CLIENT

Depuis quelques mois le courrier se faisait de plus en plus rare. Aussi l'étonnement de Victor Deliot, qui croyait que tout le monde l'avait oublié, fut-il grand de trouver une lettre dans le casier qui lui était réservé chez sa concierge. La pesanteur de son âge l'obligea à gravir lentement les marches du vétuste escalier de l'immeuble sans ascenseur où un très modeste appartement, situé au quatrième étage, lui tenait lieu de cabinet de consultation et de domicile. Ce ne fut qu'après s'être débarrassé de son manteau élimé qui avait subi toutes les intempéries, du cache-nez tricoté qui cachait son visage jusqu'au niveau de ses grosses lunettes de myope, de son feutre mou dont la forme était des plus indécises et s'être laissé tomber dans le fauteuil avachi de ses rêves et de ses pensées qu'il se décida à ouvrir la lettre.

Déjà, pendant la montée, il avait remarqué que l'écriture rude et heurtée, indiquant son adresse sur l'enveloppe, était assez malhabile. Elle pouvait presque laisser supposer que son auteur ne devait pas écrire très souvent. Impression qui se confirma dès que l'enveloppe eut été décachetée.

En haut de la missive, sur la droite, se trouvait imprimée l'indication de l'adresse du correspondant MAISON CENTRALE DE MELUN suivie d'une indication, écrite à la main : *Cellule N° 447.* Lettre qui disait :

Maître,

Vous venez certainement d'apprendre par la presse, la radio ou la télévision, la mort de Bruno Carvault dans une cellule de cette maison d'arrêt par absorption de cyanure : mort qui peut être attribuée soit au sui-

cide, soit à l'empoisonnement par un tiers. Le début de l'enquête, commencée immédiatement après le décès, semblerait indiquer que le juge d'instruction désigné pour la conduire se rallierait plutôt à la thèse de l'empoisonnement. Des rumeurs qui courent dans la prison – vous savez aussi bien que moi que les nouvelles se répandent très vite dans les cellules ! – disent que je risque d'être inculpé. Ceci parce que je partageais depuis deux mois la cellule 224 avec Bruno Carvault et que j'y étais seul avec lui lorsqu'il y est mort brusquement. C'est d'ailleurs moi qui ai aussitôt averti les gardiens. Depuis j'ai été transféré dans la cellule 447, trois étages plus haut, où je suis maintenu au secret et d'où je n'ai plus l'autorisation de sortir aussi bien pour aller travailler à l'atelier que pour les corvées et la promenade quotidienne dans la cour.

Je tiens à vous préciser tout de suite que je ne suis pour rien dans ce crime, si crime il y a... Mais, de toute façon et sur les conseils de M. Perrin, le directeur de cette centrale qui est un homme juste ayant toujours su se montrer équitable envers les détenus, il me faut prévoir un défenseur. Je n'ai aucune confiance dans celui qui avait été commis d'office pour me défendre lorsque j'ai été arrêté il y a deux ans et grâce auquel j'ai récolté trois ans ferme alors que tous mes camarades détenus m'ont dit que, normalement, j'aurais dû m'en tirer avec une seule année ferme suivie d'une année de résidence surveillée. C'est pourquoi je m'adresse à vous aujourd'hui.

J'ai encore en mémoire, comme beaucoup de gens sans doute, le souvenir, après avoir lu les journaux, des façons magistrales dont vous avez sauvé, il y a quelques années déjà, un sourd-muet et aveugle de naissance accusé d'avoir assassiné un Américain ainsi qu'une jeune fille qui avait tué son père adoptif(1). *Et je m'étais toujours dit que si, par malheur, il m'arrivait de me trouver dans un cas aussi désespéré que les leurs, ce*

(1) Voir *La Brute*, J'ai Lu, n° 47*** et *La Révoltée*, J'ai Lu, n° 492***.

serait à un homme tel que vous que j'aurais recours. Si je ne l'ai pas fait il y a deux ans, c'est parce qu'il ne s'agissait pas d'un meurtre, mais d'un simple hold-up manqué où il n'y a pas eu le moindre blessé. Mais, cette fois, je sens que les charges qui risquent de peser contre moi sont beaucoup plus lourdes à cause des apparences et des circonstances dans lesquelles est mort mon codétenu.

Je vous en supplie, maître, aidez-moi! Etant donné l'urgence, je vous demande d'agir au plus vite. C'est par M. Perrin que j'ai pu avoir votre adresse. Je ne veux plus faire aucune déclaration hors de votre présence, sachant que tout peut se retourner contre moi. Je reconnais aussi avoir commis quelques fautes, dont la dernière que je paie lourdement depuis plus de deux années mais je ne suis pas et ne serai jamais un assassin. Je vous attends.

Jules Bournol
détenu n° 1008

Victor Deliot relut deux fois l'étrange appel dont le ton direct et simple n'était pas pour lui déplaire. Puis, sans attendre plus, il composa sur son cadran téléphonique le numéro de la centrale de Melun qu'il connaissait par cœur pour y avoir eu, au cours de sa longue carrière, un bon nombre de clients... Clients qui, dans l'ensemble, avaient rarement été des vedettes des annales judiciaires mais plutôt des petits voleurs, des escrocs sans envergure ou des truands de second ordre. C'était cela sa vraie clientèle qui s'était raréfiée depuis quelques années pour l'unique raison que même ceux qui ne sont responsables que d'un forfait minime éprouvent le besoin, aujourd'hui, de recourir aux bons offices d'un avocat en renom ou, tout au moins, d'un pseudo-ténor du barreau qui sait faire parler de lui dans les journaux.

Les gens ont la conviction que plus ils paieront cher un avocat à tapage et plus leur peine sera légère. Ce en quoi, pensait Deliot, ils se trompent lourdement! Trop de publicité faite sur le nom d'un avocat n'est pas toujours la meilleure arme défensive. Mais comment un vieil homme comme lui pouvait-il lutter – dans ce siècle de bluff grandissant et de mégalomanie universelle – contre un courant qui envahit même les cours de justice? N'étaient-ils pas légion ses confrères, dont la longue expérience et la pratique patiente des couloirs du Palais n'avaient plus grand poids devant l'assaut de jeunes Turcs aux toques fraîches dont l'unique ambition était de se faire un nom au plus vite et cela par n'importe quel moyen. Les Deliot ou autres en étaient réduits à se contenter des miettes du festin que leurs cadets voulaient bien laisser et qu'ils ramassaient plus facilement en correctionnelle qu'au civil ou qu'en appel. Quant aux assises, c'était pratiquement un domaine réservé où Victor Deliot ne s'était risqué jusqu'à ce jour que deux fois, avec succès il est vrai...

Dès qu'il obtint Melun au bout du fil, sa voix un peu cassée demanda :

– Pouvez-vous me passer votre directeur, M. Perrin? C'est de la part de Me Victor Deliot, avocat à la cour.

Quelques instants s'écoulèrent avant qu'une voix, qu'il reconnut tout de suite, ne réponde :

– Maître Deliot! Cela fait un bon bout de temps que je n'ai pas eu le plaisir de vous revoir dans nos murs.

– Vous savez très bien, mon cher directeur, qu'en dépit de la réelle estime en laquelle je vous tiens, je ne franchis vos murs que quand les nécessités de ma profession m'y contraignent! Mais, croyez bien que je suis ravi de savoir qu'un homme aussi expérimenté et aussi compréhensif que vous est toujours en place.

– Que puis-je pour vous?

– L'un de vos pensionnaires vient de m'écrire pour réclamer mon aide : un certain Jules Bournol... Ça vous dit quelque chose?

– Si ça me dit!... Une mauvaise affaire dont je me serais volontiers passé! Grâce à elle vous risquez, si vous venez me voir, de ne plus me trouver longtemps ici.

– C'est à ce point ?

– Vous connaissez la musique : dans des histoires pareilles c'est toujours l'administration pénitentiaire que l'on accuse la première : on lui reproche sa négligence... Et, bien entendu, c'est toujours « le directeur » qui trinque le premier ! Il faut un responsable, coûte que coûte...

– Je sais, hélas ! Puis-je quand même vous demander, à vous qui lui avez conseillé de s'adresser à moi, d'informer le dénommé Bournol que sa lettre m'est bien parvenue et que je lui rendrai visite demain en fin de matinée. Est-ce possible ?

– Ce sera fait.

– Et si cela ne vous dérange pas trop, je me permettrai d'aller vous saluer avant de faire connaissance avec ce client éventuel... J'ai cru comprendre par sa lettre qu'il était votre pensionnaire depuis déjà deux années... Est-ce exact ?

– C'est vrai : vingt-cinq mois... Le plus bête pour lui dans ce qui arrive est qu'il allait certainement bénéficier d'une remise de peine dans cinq mois pour conduite exemplaire : il n'y a pas un seul reproche à lui faire. Un véritable agneau, ce Bournol ! Il n'aurait sûrement pas fait ses six derniers mois, tandis que maintenant...

– Eh oui ! Nous parlerons de cela tous les deux : ainsi je pourrai me faire une petite opinion préliminaire sur son compte. J'ai une grande confiance dans votre jugement et j'ai tout lieu de penser que l'annonce par vous de ma venue lui permettra de dormir un peu mieux cette nuit.

– Sûrement, mon cher maître, mais pas à moi ! Avec tout ce que la presse m'assène depuis quarante-huit heures...

– J'ai lu ça, en effet... Mais ça devrait pouvoir s'arranger. A demain, mon cher directeur.

Ce qui avait toujours sauvé Victor Deliot dans l'exercice de sa profession était de tout conserver. Le principal élément de l'indescriptible désordre répandu dans son appartement était l'amoncellement de papiers, de prospectus et surtout de journaux de tous formats et de toutes opinions qu'il gardait empilés les uns sur les autres, comme des reliques. Il prétendait que si l'on sait entasser des coupures de presse, même périmées, on est à peu près certain d'y trouver des trésors de documentation pour de futures plaidoiries et ceci plus particulièrement dans l'accumulation des comptes rendus d'audiences. Selon lui il suffisait de se référer aux jugements passés pour éviter des bévues ou des erreurs dans les procès à venir.

Le plus surprenant était qu'il parvenait à s'y retrouver dans ce capharnaüm. Connaissant son désordre, auquel aucune femme de ménage n'avait eu le droit de toucher, il savait exactement où se trouvaient les articles susceptibles d'offrir un intérêt pour tel ou tel nouveau cas sur lequel il devait se pencher. Tout ce qui venait d'être dit et écrit dans la presse sur la mort étrange de Bruno Carvault, survenue subitement quarante-huit heures plus tôt, se trouvait sur le sommet d'une pile placée à portée de sa main à la droite de son fauteuil. Et tranquillement, prenant tout son temps, il se replongea à nouveau dans la lecture de faits qu'il avait appris, comme tout le monde, le matin même et la veille. Les hypothèses les plus saugrenues, cherchant à expliquer la mort de Carvault, étaient émises par les journalistes assoiffés de copie à sensation. Mais tous, sans exception, rappelaient les faits qui avaient motivé dix années plus tôt l'incarcération de celui qui venait de disparaître et qui, ayant évité de justesse l'échafaud grâce à l'extrême habileté de son défenseur, avait été condamné à la détention perpétuelle.

De tout un fatras de contradictions il ressortait une vérité qui, une fois de plus, s'étalait dans les colonnes : ce Bruno Carvault avait été condamné aux assises d'une grande ville de province pour avoir commis le crime le plus odieux. A vingt-trois ans et alors qu'il terminait sa dernière année de licence ès lettres, ce Bruno, garçon de bonne famille ayant reçu une excellente éducation, avait enlevé et étranglé un enfant de quatre ans, le petit Serge Vifral, après l'avoir séquestré pendant trois jours dans une chambre d'un hôtel sordide situé dans la banlieue de la ville. Pourquoi avoir attendu trois jours avant d'accomplir son geste criminel ? Pour lui permettre de réclamer, grâce à des coups de téléphone anonymes, une très forte rançon à la maman affolée de l'enfant.

Mais cet argent ne lui parvenant sans doute pas assez vite à son gré, Bruno avait froidement étranglé l'enfant dont la présence dans la chambre d'hôtel, où il l'avait ligoté sur un lit, risquait de lui attirer rapidement des ennuis. Son crime accompli, il avait réussi pendant la nuit suivante à transporter le petit corps dans sa voiture, sans que personne ne s'en soit aperçu aussi bien à l'hôtel qu'aux alentours, et à l'enterrer dans un terrain vague situé à quelques kilomètres. Puis, revenant à l'hôtel il avait remis de l'ordre dans la chambre avant de rentrer tranquillement chez ses parents dans le confortable appartement de l'immeuble bourgeois où ils habitaient en plein centre de la ville.

Le lendemain et pendant la semaine qui suivit, il n'avait cessé de harceler au téléphone – en prenant soin de camoufler sa voix et d'appeler de cabines publiques différentes – la mère du petit disparu pour lui réclamer la rançon qu'elle devait aller déposer elle-même dans un lieu bien déterminé. Sa voix intentionnellement menaçante annonçait à la malheureuse que si elle ne s'exécutait pas dans un délai de quinze jours, elle ne reverrait plus jamais son enfant. Si, au contraire, elle obtempérait, l'enfant lui serait rendu en pleine santé dans les douze heures qui suivraient... Le plus atroce de cette menace avait été que, lorsqu'elle fut proférée au téléphone, Serge était déjà mort.

Dix jours plus tard son corps était retrouvé, grâce au

flair de chiens policiers, dans le terrain vague. Ce fut aussitôt dans la ville et dans toute la France un déferlement d'indignation. Entre-temps l'assassin avait trouvé tout naturel de partir en joyeux week-end avec des amis. Ce ne fut qu'après son retour que l'on apprit la découverte du corps. On ne parla plus que du crime et Bruno, qui se montrait partout, poussa même le cynisme jusqu'à dire dans un bar de la ville à un journaliste que « des gens qui commettaient un pareil forfait méritaient d'être lynchés ».

Trois nouvelles longues journées passèrent avant qu'il ne soit enfin arrêté grâce à une confidence du patron de l'hôtel borgne qui raconta aux enquêteurs que, deux semaines plus tôt, un homme jeune – presque un jeune homme – s'était présenté en compagnie d'un enfant, tenant une petite auto dans ses mains, et avait loué une chambre en payant sept jours d'avance. Ce qui avait étonné l'hôtelier était que les deux voyageurs avaient disparu au cours de la troisième nuit et qu'il ne les avait plus revus. Quand les policiers présentèrent la photographie de l'enfant, l'hôtelier le reconnut formellement. On tenait la piste de l'assassin! Le soir même il fut appréhendé par une brigade mobile – qui ne faisait qu'une opération de routine – alors qu'il sortait d'une cabine téléphonique d'où il avait appelé une fois encore la mère de la victime. Transféré immédiatement dans les locaux de la police judiciaire, il fut confronté avec l'hôtelier. Confondu après un interrogatoire de plusieurs heures pendant lequel il eut au début le sang-froid de conserver toute sa superbe, Bruno Carvault finit par s'effondrer et avoua son crime. L'arrestation de cet assassin de vingt-trois ans, fils de l'une des familles les plus honorables de la ville, fit encore plus de bruit que celle de la découverte du petit corps.

Les parents de Bruno furent consternés : comment leur fils unique, auquel ils avaient toujours prodigué leur tendresse et assuré une excellente éducation, avait-il pu perpétrer un tel forfait? Depuis ces événements le père était mort deux années après la condamnation de son fils, consumé – avait-on dit à l'époque – par la honte et le chagrin. Seule sa mère vivait toujours en recluse dans son appartement, conservant sans doute l'espoir qu'avec les années son fils serait peut-être amnistié et que les gens oublieraient...

Le pire pour cette femme devait être la pensée qu'elle-même et son mari disparu avaient été, avant le drame, de grands amis de la maman de Serge avec qui ils entretenaient les meilleures relations. Leurs demeures étaient même assez proches. Plusieurs fois l'enfant était venu jouer chez les parents de Bruno qui, tout en étant déjà un jeune homme, avait su toujours se montrer patient et très gentil avec lui. Ce qui expliquait que l'enfant n'avait pas dû hésiter quand son grand ami lui avait offert de faire une promenade dans sa voiture en promettant de lui offrir la petite auto dont il rêvait et qu'il avait dans sa main lorsqu'ils arrivèrent à l'hôtel.

Au temps de cette amitié la maman de Serge était déjà veuve... Jeune veuve dont le mari avait été tué dans un accident d'automobile un an après la naissance de l'enfant. Qui était cette Thérèse Vifral ? Une très jolie secrétaire qui, à vingt ans, avait épousé Roland Vifral, riche industriel et sensiblement son aîné. Sa mort prématurée avait laissé à son épouse et à son fils une grosse fortune, celle des Vifral, dont ils étaient les seuls héritiers. Trois ans plus tard la jolie Thérèse s'était retrouvée seule après l'assassinat de son enfant âgé de quatre ans. Comme dix années avaient passé depuis, elle avait aujourd'hui tout au plus trente-six ans. Riche mais partagée entre son double chagrin, elle résidait dans le très bel hôtel particulier où trois générations de Vifral avaient vécu avant elle. Elle n'y recevait personne et sortait peu. Il était assez improbable que ces deux femmes, confinées dans leur douleur, se soient revues depuis le drame.

Telle était, en gros, l'affaire Bruno Carvault qui avait fait couler des flots d'encre en son temps et que l'avocat venait de se remettre en mémoire après la fin brutale de l'assassin à la centrale de Melun.

A chaque fois que Victor Deliot avait besoin de réfléchir, il retirait d'un geste machinal ses grosses lunettes dont il essuyait les verres comme si ce travail bénin lui apportait la pause indispensable qui permet de clarifier les idées. Puis, remettant ses lunettes sur son nez, il reprit sa lecture pour voir si la presse avait parlé de ce Jules Bournol qui, lui, l'appelait au secours.

En réalité elle n'en disait pas grand-chose. Ce qui était normal puisqu'on en était encore au moment où l'on pouvait se poser toutes les questions et où aucune inculpation formelle n'avait été notifiée. Les journaux relataient tous que Bruno Carvault était mort foudroyé dès qu'il avait commencé à avaler la soupe du soir en présence et en même temps que son compagnon de cellule, un certain Jules Bournol condamné de droit commun, et que c'était ce dernier qui avait immédiatement alerté les gardiens. Confirmation de ce que disait Bournol dans sa lettre. Et si la thèse de la mort violente par absorption de cyanure était admise dans tous les articles à la suite des premières révélations de l'enquête, les journalistes hésitaient entre deux hypothèses : celle du suicide d'un homme qui ne pouvait plus supporter de subir sa peine ou qui avait été pris de remords tardifs et celle d'un empoisonnement prémédité du contenu de sa gamelle apportée par la corvée de soupe. Mais dans ce cas comment se faisait-il que son compagnon, qui avait dû absorber le même repas, n'ait même pas été indisposé ? C'était là une question que seuls deux journaux se posaient.

De toute manière – et même s'il était innocent comme il l'affirmait dans sa lettre – il était normal que Jules Bournol soit inquiet après avoir entendu les rumeurs qui couraient dans la prison sur son sort et surtout depuis son transfert de cellule avec mise au secret. Tout en n'étant pas encore inculpé, il n'avait pas eu tort de faire appel à un défenseur éventuel pour le cas où...

Ce qu'il ne pouvait encore savoir était que si Victor Deliot avait accepté d'aller lui rendre visite dès le lendemain cela ne signifiait pas qu'il consentirait à le défendre en cas d'inculpation.

L'avocat était déjà dans le parloir quand Bournol y fut introduit. Les deux gardiens qui l'accompagnaient se retirèrent et l'unique porte, donnant sur un couloir, se referma dans un grincement de clef. Le mobilier de la pièce – aux murs badigeonnés d'une peinture qui, dans les premiers temps, avait dû être blanche – était sommaire : il se réduisait à une table rectangulaire et à deux chaises placées l'une en face de l'autre. Victor Deliot, qui n'avait pas retiré son vieux manteau, s'était assis sur l'une d'elles. Son feutre et une serviette en cuir, aussi élimé que le tissu du manteau, étaient posés sur la table. Ce qu'il pouvait y avoir dans la serviette ? Pas grand-chose sans doute à en juger par sa platitude extrême mais tout de même un exemplaire de la Gazette du Palais qui, pour le vieil avocat, était une bible trihebdomadaire dont il s'imprégnait consciencieusement tous les mardis, jeudis et samedis, jours de sa parution.

Il ne jugea pas nécessaire de se lever pour l'entrée d'un Jules Bournol et dit simplement :

– Asseyez-vous.

Il y eut ensuite un silence assez pesant pendant lequel les yeux de l'avocat, embusqués derrière les grosses lunettes, observaient celui qu'il accepterait ou refuserait comme client si les événements se précipitaient.

Massif et trapu, ayant eu la démarche lourde pendant le court trajet de la porte à la table, Jules Bournol donnait à première vue l'impression d'être un homme qui ne devait pas se départir facilement de son calme. Une sorte d'homme tranquille pouvant avoir la quarantaine et dont le visage rond, profondément hâlé par des rayons de soleil qui n'avaient pourtant pas dû lui rendre visite en prison, exprimait une certaine bonhomie. Le regard était franc et la chevelure encore abondante : ce qui confirmait que le régime pénitentiaire s'était sensiblement amélioré, la tonte absolue n'étant plus obligatoire pour les pensionnaires. Ce qui fascina le plus Victor Deliot furent les mains aux doigts boudinés : de vrais battoirs. Quand l'homme commença à répondre aux premières questions, la voix se révéla un peu grasseyante tout en étant teintée de résonances méridionales.

— Je sais, commença Deliot, que le directeur de cet établissement vous a fait part de ma visite. Avant de venir vous voir j'ai été le saluer : c'est une vieille connaissance que j'ai toujours considérée comme étant un homme remarquable. Est-ce votre avis ?

— C'est celui de tout le monde dans la bâtisse. Que vous a-t-il dit de moi ?

— Le plus grand bien. Et spécialement qu'il vous croyait innocent des soupçons assez graves qui pèsent sur vous. Il ne s'explique pas en effet — et je ne suis pas loin de le rejoindre dans cette idée — que quelques mois à peine avant votre libération vous ayez pu accomplir un geste aussi regrettable que celui de supprimer un compagnon de cellule... Si mes renseignements sont exacts, vous avez été condamné, voici déjà deux années, par les assises de la Seine à une peine de réclusion de trois années à la suite d'un hold-up contre une banque auquel vous avez participé plutôt comme comparse d'une bande que comme membre actif. Votre rôle en effet s'était limité dans cette affaire à conduire la camionnette qui était destinée à transporter le butin que deux de vos amis s'étaient chargés de « ramasser » dans la succursale bancaire sous la menace de revolvers. L'affaire ayant mal tourné pour eux, ils ont été interceptés par une arrivée ultra-rapide de la police avant même qu'ils n'aient eu le temps de terminer leur travail de ramassage. Pendant qu'ils s'enfuyaient, abandonnant sur place les sacs où ils avaient empilé l'argent, l'un d'eux a même tiré sans succès sur l'un de ses poursuivants mais celui-ci ne l'a pas manqué : il a été blessé légèrement à la jambe et s'est écroulé. Voyant cela son camarade a levé les bras en même temps que lui. Et vous, qu'est-ce que vous avez fait pendant ces secondes pathétiques ?

– Je suis resté dans la bagnole parce que je ne voulais pas tirer... D'ailleurs, je vous signale que je n'étais pas armé.

– Je viens de l'apprendre et c'est très heureux pour vous ! Sinon, même en ne vous servant pas de votre arme, vous auriez écopé davantage. Vos deux « associés » si j'ose employer cette dénomination, en ont eu chacun pour cinq ans. Deux années de moins dans ce genre de villégiature, c'est appréciable ! Après votre condamnation vous avez été dirigé sur cette centrale de Melun alors que vos amis étaient répartis ailleurs : ce qui est le meilleur moyen d'éviter qu'une bande ne se reconstitue tranquillement à l'abri des barreaux pour mijoter de futurs coups sensationnels le jour où tout le monde se retrouvera en liberté. M. Perrin, votre directeur, m'a confirmé que pendant ces deux années de réclusion que vous venez de vivre sous sa houlette vigilante, vous n'aviez fait l'objet d'aucune réprimande et que votre conduite a été exemplaire. Vous avez été affecté, je crois, à l'atelier spécialisé dans la fabrication des pantalons de treillis pour l'armée. C'est exact ?

– Je peux vous affirmer que ce genre de vêtement n'a plus de secret pour moi !

– Ce qui vous permettra, après votre sortie d'ici, de vous reconvertir dans la confection en gros. Peut-être est-ce moins excitant qu'un hold-up, mais c'est plus sûr ! Dites-moi : avant, vous n'aviez pas fait d'autres hold-up ?

– Juste quelques petits braquages chez des particuliers mais sans jamais tirer un coup de feu, ni blesser personne ! Pour moi une arme ça doit seulement servir à intimider... D'ailleurs mon arme n'était jamais chargée.

– Chevaleresque en somme ?

– Sans aller jusque-là, j'avoue que la seule vue du sang me fait horreur.

– Vous n'êtes pas le seul dans votre cas.

– Ces vols n'ont été que des petits coups sans importance...

– Comme vous le dites ! L'ennui pour vous est que si les trois premiers n'ont pas trop mal tourné puisque vous avez réussi à passer à travers les filets de la police, il n'en a pas été de même du quatrième où vous avez été pris en flagrant délit dans une bijouterie dont le patron était mieux armé et a su se montrer plus rapide que vous. Il vous a tenu en joue jusqu'à ce que les flics, auxquels il avait téléphoné, viennent vous cueillir misérablement... C'est au cours de l'interrogatoire qui a suivi cette première arrestation que vous avez fini par avouer les trois larcins précédents : une franchise qui vous a permis de ne récolter que trois mois. Au premier vous aviez emporté avec un associé, volatilisé depuis dans la nature, l'argenterie d'un bourgeois terrorisé, au second le manteau de vison d'une poule de luxe et au troisième un petit tableau d'une certaine valeur dans une galerie de la rive gauche... A chaque fois vous avez fourgué vos prises chez un revendeur et empoché l'argent liquide qu'il a bien voulu vous donner... Si l'on ajoute à cela les bijoux que vous n'avez pas eu le temps de subtiliser chez le bijoutier et l'argent qui n'a pas pu rejoindre la camionnette le jour où votre fine équipe s'est attaquée à la banque, nous sommes, vous et moi, dans l'obligation de reconnaître que le fruit de ces expéditions a été plutôt maigre ? Je dirais même : pitoyable !

Jules Bournol baissa la tête sans répondre.

– Revenons, si vous le voulez bien, au moment où étant au volant de la camionnette, vous vous êtes rendu compte que l'affaire tournait mal pour vous ?

– J'ai démarré en vitesse.

– Et vous avez été rattrapé comme vos camarades mais un peu plus loin qu'eux.

– J'ai été coincé dans un encombrement à un carrefour.

– J'ai toujours pensé que la circulation dans Paris est impossible ! Puis-je vous demander maintenant pourquoi, ayant obtenu un aussi piètre résultat à votre quatrième « expérience », vous n'avez pas attendu plus de quinze jours à peine, après avoir purgé votre première peine de trois mois, pour vous lancer dans l'opération bancaire? C'était idiot, Bournol! A votre place, même si le démon de la cambriole me harcelait, j'aurais patienté... Je me serais fait oublier pendant quelque temps. Le résultat a été qu'étant repris alors que vous étiez encore en liberté conditionnée, vous avez fait figure de récidiviste. C'est pourquoi on vous a infligé trois années. Normalement, n'ayant participé que comme comparse au hold-up, vous n'auriez dû récolter qu'une année ou dix-huit mois tout au plus. Avouez que c'est bête? La camionnette, vous l'aviez volée?

– Même pas! C'est l'un de mes copains, celui qui a été blessé, qui l'avait empruntée le matin même mais nous comptions bien l'abandonner une fois le transfert des fonds terminé.

– Empruntée... J'aime cet euphémisme! Il est très à la mode aujourd'hui : on ne vole pas les véhicules, on les emprunte! Pourquoi avoir agi aussi bêtement?

– J'avais un urgent besoin d'argent.

– Mais il me semble avoir lu sur le dossier qui vous concerne et dont un double est précieusement conservé au greffe de cette grande maison que vous aviez pourtant une profession? Ne vous permettait-elle pas, sinon de vivre confortablement, du moins de vivoter?

– C'est vrai que j'en avais une : je travaillais dans un café.

– Ça se passait où?

– A Marseille : Le Café des Amis.

– Un bien joli nom! Les amis se retrouvent où ils peuvent... Quel genre d'emploi? Garçon? Plongeur? Tout de même pas caissier?

– Oh, non! C'était la patronne, la grosse Marga, qui tenait la caisse et je vous jure qu'elle surveillait ses sous! A dire vrai, maître, ça s'appelait Le Café des Amis mais c'était plutôt un bistrot situé dans le quartier de « La Belle de Mai » où ce genre d'établissement foisonne... En réalité je travaillais tout en ne travaillant pas tellement au sens où vous l'entendez... Je prenais les paris des habitués pour les courses.

– Vous faisiez le book ?

– C'est un peu cela... Malheureusement c'est un métier qui se perd comme tous les métiers d'artisan.

– Ne serait-ce pas plutôt un travail d'artiste ?

– Si vous voulez... Depuis que l'organisation du P.m.u. s'est infiltrée partout, on ne peut plus opérer en toute tranquillité. Les gens ont de moins en moins recours à nous : ce qu'ils veulent c'est leur ticket avec le cachet du P.m.u... A une époque, ce fut fameux mais ça périclite ! Il y avait des jours où ça marchait et d'autres où ça n'allait pas du tout ! Je prenais aussi les paris pour les matchs de football ou de rugby : c'était presque meilleur... Pour résumer, je connaissais des hauts et des bas. Comme vous le disiez tout à l'heure : je vivotais mais plutôt mal que bien ! Quand j'ai quitté la Santé – c'est là que j'ai purgé ma première peine – je n'avais pas sur moi la moitié d'un... Complètement raide ! Si je n'avais pas eu Fraisette qui est venue m'attendre à la sortie, je ne sais pas comment j'aurais fait...

– Fraisette ?

– Ma femme.

– Ah ! Je ne savais que vous étiez marié ?

– C'est tout comme... Enfin c'est mon amie... Mais dans notre milieu quand c'est solide et que ça tient, on dit « ma femme ». Vous me comprenez ?

– Très bien. Il y a longtemps que ça dure avec Fraisette ?

– Ça va faire six ans.

– Presque un bail renouvelé ! Mes félicitations... Gentille, Fraisette ?

– Un ange, maître ! Je n'ai jamais eu d'histoires avec elle et ça depuis le premier jour. Sans elle je ne sais pas ce que je serais devenu pendant mes deux mises en cabane, la première à la Santé et la seconde ici. Elle m'envoie un colis de ravitaillement toutes les semaines : ce qui améliore drôlement l'ordinaire!

– Vient-elle aussi vous rendre visite de temps en temps au parloir?

– Pour elle c'est plus difficile : elle travaille.

– Quel genre de travail?

– Vous devez bien vous en douter... Nous, on appelle ça « le travail »... Une bonne gagneuse qui n'a jamais rechigné à la tâche et une économe avec ça! Elle sait mettre de côté pour ce qu'elle appelle nos vieux jours.

– Dites-moi, Bournol : vous n'avez jamais eu d'histoires en tant que proxénète?

– Quelques peccadilles mais rien de sérieux... Pas une en tout cas depuis que je suis avec Fraisette.

– En conclusion, c'est l'harmonie... Mais comment se fait-il, puisque cette aimable personne est aussi « bonne gagneuse » qu'économe que vous ayez connu d'aussi pressants besoins d'argent?

– C'est à cause de la petite...

– Une deuxième « épouse »?

– Notre enfant, maître! Christiane... Moi je l'appelle « Ma Chris » : je trouve ça plus gentil... Si vous la voyiez! Elle est tellement belle avec ses boucles rousses et ses yeux gris-vert... C'est la plus jolie petite fille de notre quartier! A faire pâlir de jalousie tous les autres parents! Plus tard elle sera sûrement une Miss Ma seille et peut-être même plus!

– Miss Monde?

– Pourquoi pas? Et intelligente avec ça.

– Quel âge?

– Quatre ans... C'est justement sa venue au monde qui nous a posé des problèmes... Dès que j'ai rencontré Fraisette, j'ai compris que son plus grand rêve serait d'avoir un enfant...

– Une petite question : quand cette rencontre a eu lieu, Fraisette « travaillait » déjà au sens où vous l'entendez?

– Oui... Elle a commencé très jeune pour s'évader de sa famille : ils étaient déjà onze frères et sœurs... C'était intenable!

– Ensuite elle a quand même voulu avoir un enfant à elle ?

– C'est normal : une femme qui n'a pas procréé au moins une fois n'est pas une femme complète.

– Mon cher Bournol, vous venez de dire là une grande vérité... Mais pourquoi alors la naissance de votre « Chris » a-t-elle créé des problèmes ?

– D'abord, maître je tiens à vous préciser, parce que l'on pourrait avoir des doutes étant donné la profession de Fraisette, que je sais que ma fille est bien de moi ! Fraisette ne voulait avoir un enfant que d'un homme qu'elle aimait.

– Et comme ce fut vous, elle a tout fait pour !

– Exactement ! Elle a cessé de travailler aussi bien pendant la période préliminaire que pendant sa grossesse et les trois premiers mois qui ont suivi l'accouchement. Ce qui a fait un manque à gagner certain pendant une année.

– Période au cours de laquelle vous avez subvenu seul aux besoins de votre petite famille ? Ce qui est très bien de votre part... Mais pourquoi n'avoir pas continué ?

– Je vous l'ai dit : mes affaires au Café des Amis ont périclité alors que mes frais généraux triplaient ! Je ne pouvais plus y arriver... J'étais désespéré ! C'est pour cela que je suis monté à Paris pour tenter le coup du bijoutier...

– ... qui a raté ! Funeste idée, Bournol ! Et après tous les ennuis se sont enchaînés ?

– Comme vous le dites... Quand j'ai été arrêté cette première fois, Fraisette a bien été obligée de se remettre au travail aussi bien pour élever l'enfant que pour m'envoyer les colis.

– Savez-vous que vous avez beaucoup de chance d'avoir une pareille compagne ?

– Je le sais, mais elle aussi savait que si j'avais tenté le coup des bijoux, c'était uniquement pour elle et pour l'enfant... Parce que, si j'avais été seul, jamais je ne me serais lancé dans une opération aussi risquée.

– Vous vous seriez contenté de « petits coups » comme ceux de l'argenterie du bourgeois ou du vison de la cocotte... Disons que vous n'avez agi que par esprit de famille.

– C'est un peu cela.

– Et comme vous n'aviez toujours pas d'argent à votre sortie de la Santé et que les affaires ne s'amélioraient guère au Café des Amis, vous avez remis ça dans une opération de plus grande envergure : celle de la banque.

– Je vous jure, maître, que j'étais bien décidé à ce que ce soit la dernière !

– Il est certain que, si elle avait réussi, vous auriez eu au moins les moyens d'attendre pendant un bon bout de temps... Mon pauvre Bournol, vous n'avez vraiment pas eu de chance !

En faisant cette dernière remarque Victor Deliot avait poussé un grand soupir dans lequel semblait s'être accumulée toute la commisération du monde. Et il y eut un point d'orgue pendant lequel il continua à observer son vis-à-vis en silence : les yeux baissés une nouvelle fois vers le sol carrelé du triste parloir, Jules Bournol faisait pitié. Si tout ce qu'il venait de confier était véridique – et il n'y avait aucune raison pour que ce ne le fût pas, tellement les faits se révélaient peu glorieux pour lui – ce médiocre truand oscillant entre le proxénète au grand cœur et le cambrioleur manqué, avait presque droit à de la compassion. Mais, et c'était là où l'avocat se montrait perplexe, si le personnage n'avait étalé cette accumulation de petits malheurs que pour faire croire qu'il était incapable de commettre le crime pour lequel il risquait d'être inculpé très prochainement, ce serait une tout autre affaire ! Et, si c'était le cas, il venait de faire preuve, pendant cette première conversation, d'un prodigieux don de comédien. Tout avait été réussi : le ton qui avait oscillé entre la sincérité et le larmoiement, l'attitude tour à tour bonasse et humble, le regard dont la limpidité savait s'embuer de la pire des tristesses à la seule pensée de ne pas pouvoir serrer sa chère petite « Chris » sur son cœur, cette façon aussi de regarder le sol comme un homme qui se sent écrasé par l'injustice de la vie. L'ensemble était remarquable d'efficacité. Tout autre qu'un vieux cheval de retour doublé d'un spécialiste de la correctionnelle tel que Deliot avait pu s'y laisser prendre. Peut-être même était-ce grâce à cette savante tactique qu'il avait réussi à s'attirer la sympathie de ses geôliers. « Depuis deux années qu'il est ici, avait dit le directeur de la prison, il n'y a pas eu une seule réprimande à lui faire. » Ce qui d'ailleurs lui avait permis de bénéficier d'une très grande faveur...

– Mon cher Bournol, j'ai appris tout à l'heure par M. Perrin que votre excellente conduite vous a valu d'être autorisé, il y a environ un mois et à l'expiration de votre deuxième année de peine dans cette centrale, à bénéficier de quatre jours de liberté provisoire. Je sais même que vous êtes revenu scrupuleusement ici au jour et à l'heure fixés. Comment avez-vous mis à profit ce congé inespéré qui n'est accordé, selon une loi relativement récente, qu'aux détenus exemplaires ?

– J'ai pris le premier train pour Marseille où Fraisette et Chris m'attendaient à la gare.

– J'aurais aimé assister à de telles retrouvailles ! Ce dut être très émouvant ?

– Nous avons pleuré tous les trois.

– Ça ne m'étonne pas.

– Vous vous rendez compte : la dernière fois où j'avais vu Chris après ma sortie de la Santé, elle n'avait encore que vingt mois et maintenant elle approche des quatre ans ! Déjà une vraie petite fille ! J'étais comme fou...

– Et Fraisette ?

– De plus en plus belle...

– Travaillant toujours autant ?

– Elle a même agrandi sa clientèle ! D'être maman et de savoir son homme derrière les barreaux, ça lui a mis du plomb dans la tête. Elle a compris...

– Quoi ?

– Qu'il faut qu'on en sorte par des moyens normaux.

– Normaux, c'est peut-être beaucoup dire... Enfin! Et les habitués du Café des Amis, vous avez été les revoir?

– Bien sûr, avec Fraisette... Ils m'ont fait une de ces fêtes! Surtout quand je leur ai annoncé que j'avais toutes les chances d'être libéré avant la fin de la dernière année et qu'ils me reverraient au plus tard dans cinq ou six mois.

– C'était en effet ce qui était prévu pour vous. Malheureusement il y a eu, voici trois jours, la regrettable affaire pour laquelle vous m'avez demandé de venir vous voir... Maintenant que nous avons déblayé le passé, je pense que le moment est venu de parler du présent. Expliquez-moi très simplement ce qui s'est passé au moment de la mort de votre codétenu?

– Ce fut tellement rapide! C'était l'heure du repas du soir... Vous savez comment ça se passe : la corvée de soupe est remplie par deux détenus appartenant à l'équipe détachée aux cuisines, qui poussent un chariot sur lequel sont placées les gamelles individuelles, le pain et l'eau. Bien entendu ils sont escortés de deux et parfois même de trois gardiens. Il y a en général un chariot par étage pour que la distribution aille plus vite et que les repas puissent arriver chauds dans les cellules.

– C'est mangeable?

– Cela dépend... Mais je dois reconnaître que ça s'est amélioré depuis quelques mois. Bruno Carvault a reçu sa gamelle le premier et moi ensuite. La porte s'est refermée et nous nous sommes tous deux assis sur nos lits respectifs, qui se font vis-à-vis, pour manger avant que la soupe ne soit froide. Tout à coup, alors que Carvault venait de porter sa première cuillerée à sa bouche et que moi-même je n'avais pas encore commencé, je l'ai vu faire une horrible grimace. Son visage s'est comme décomposé, il s'est tordu de douleur pendant que sa gamelle roulait sur le sol et il s'est effondré sur son lit, les joues violettes, les yeux révulsés et de la bave dégoulinant de sa bouche. Tout cela s'est passé en quelques secondes. Affolé je lui ai pris les mains : elles étaient déjà raides. J'ai tâté le cœur : il ne battait plus. J'ai compris qu'il venait de mourir foudroyé par le contenu de la cuillère. Inutile de vous dire que je ne touchai pas à la mienne et que j'appelai, en criant et en tapant de toutes mes forces sur la porte de la cellule, les gardiens qui continuaient leur ronde avec la corvée de soupe. L'un d'eux revint et me dit en ouvrant :

« – Qu'est-ce qui te prend, Julot ? Tu es devenu fou ?

« – Il y a de quoi ! Regardez-le... Je crois bien qu'il est mort empoisonné par la soupe... Qu'est-ce qu'ils ont bien pu mettre dans cette saleté ! C'est encore un coup de veine pour moi de n'avoir pas été le premier servi !

« – Le premier ! On vient déjà de servir au moins cinquante portions provenant de la même marmite et personne ne s'est plaint », répondit-il en s'approchant de Carvault. Et, après avoir appliqué sa tête contre la poitrine, il se releva, le visage décomposé lui aussi, mais pas de la même manière, en disant :

« – Pas de doute ! Tu as raison : il est mort... »

» Il siffla aussitôt : deux autres surveillants, dont un chef, rappliquèrent. Après s'être penché à son tour sur le mort, ce dernier dit :

« – Ne touchez à rien et surtout pas à ça ! » Il désignait le contenu de la gamelle de Carvault répandu sur le sol. Des ordres furent rapidement donnés. Deux ou trois minutes plus tard au maximum un interne de service de l'infirmerie, escorté de deux infirmiers portant un brancard était là. La distribution de soupe avait été aussitôt stoppée : ce qui déclencha des protestations et des martèlements de portes dans les cellules où les détenus ignoraient ce qui venait de se passer. Ça faisait un de ces chahuts ! Deux autres minutes passèrent avant que votre ami le directeur, accompagné d'un autre médecin et d'un adjoint, ne vienne à son tour. Avec précaution l'interne ramassa sur un morceau de carton ce qui restait par terre du contenu de la gamelle de Carvault et prit ma gamelle en me demandant :

« – Vous n'y avez pas touché au moins ?

« – Je n'en ai même pas eu le temps ! L'autre était déjà écroulé au moment où j'allais tremper ma cuillère dans la soupe... Alors j'ai compris ! »

» Ils emportèrent le corps sur la civière, refermèrent la porte et je me retrouvai seul. Je ne me suis pas regardé à ce moment-là dans le petit miroir fixé au-dessus du lavabo mais je devais sûrement être resté comme ça, assis sur mon lit, pendant une bonne demi-heure.

– A quoi pensiez-vous ?

– Au début à rien ! J'étais hébété... Et puis, peu à peu, les idées me revinrent : elles se résumaient toutes à la chance que j'avais eu de ne pas avoir été servi le premier... Mais peut-être que ma gamelle avait été, elle aussi, empoisonnée ? Et, dans ce cas, ce n'était pas seulement à l'autre qu'on en voulait mais aussi à moi... et tous les autres ? C'était quand même bizarre que ceux qui avaient été servis avant nous n'aient pas subi le même sort que Carvault ! C'était donc lui ou moi dont on avait voulu avoir la peau.

» La porte se rouvrit et une nouvelle corvée de soupe se présenta me tendant une autre gamelle en présence du gardien-chef et de ses sbires.

« – Celle-là tu peux en prendre, me dit le chef. Elle a été faite sous surveillance : aucun risque !

« – Je n'en veux pas ! Si vous croyez que ce que je viens de voir m'a ouvert l'appétit ! »

» Ils laissèrent quand même la gamelle à laquelle je ne touchai pas : elle me faisait horreur. Avant de ressortir en fermant la porte, le chef ne répondit pas et haussa les épaules. Comme oraison funèbre pour le défunt ça me parut un peu court.

» Une nouvelle heure passa pendant laquelle je me mis l'esprit à la torture : et s'il n'y avait que la gamelle de Carvault à avoir été empoisonnée, ils étaient fichus de m'accuser d'avoir fait le coup ! Ce serait le comble !

Je ne divaguais pas tellement en pensant ainsi... La porte se rouvrit : c'était M. Perrin accompagné de deux flics – pour moi ce seront toujours des flics même si ce sont des inspecteurs haut placés : on les reconnaît à leur allure – et d'un petit homme qui a noté tout ce qui s'est dit, sans doute une sorte de greffier.

– Qu'est-ce qui s'est dit ?

– J'ai raconté exactement ce que je viens de vous répéter : la vérité. Ces choses-là, ça ne peut pas s'inventer. Quand j'eus terminé, M. Perrin m'a dit :

« – Nous allons être contraints de vous changer de cellule. »

» Un quart d'heure plus tard j'étais transféré dans le quartier spécial réservé aux détenus qui sont mis au secret et où je suis encore.

– Pourquoi au secret ?

– Je ne sais pas... Peut-être pour éviter que je puisse parler avec les autres détenus ? Vous vous doutez bien que la nouvelle de la mort de Carvault s'est vite répandue dans la bâtisse ! Je vous l'ai dit : dans une centrale on sait tout... On se parle par alphabet morse en frappant sur les parois d'une cellule à une autre. Hier matin, très tôt, j'ai reçu dans mon nouveau domicile la visite d'un juge d'instruction qui s'est présenté sous le nom de Servet et qui m'a dit avoir été commis d'urgence pour instruire l'affaire. La première chose qu'il m'a expliquée a été qu'après analyse de ce qui restait du contenu de la gamelle donnée à Carvault et l'examen de ses viscères, il était prouvé que celui-ci avait succombé à l'absorption de cyanure mêlé à ses aliments. Ce qui laissait l'alternative : ou il se serait suicidé en versant lui-même, sans que j'aie pu le remarquer, le contenu d'une caspsule de cyanure dans sa soupe avant de manger, ou ce contenu aurait été mêlé à la nourriture par quelqu'un d'autre... En disant cela, il me regarda avec une telle hostilité que je ne pus m'empêcher de demander :

« – Vous ne pensez tout de même pas que c'est moi qui ai fait le coup ? » Eh bien vous ne vous douterez jamais de ce qu'il m'a répondu : « – Je ne possède pas encore assez d'éléments sur cette affaire pour porter un jugement mais tout est possible. » Ce qui signifiait en langage clair que mon nom pouvait être inscrit sur la liste des meurtriers éventuels. Ce qui me refroidit considérablement. Quand il me demanda de relater une nouvelle fois comment les choses s'étaient passées, je fis très attention à ce que je disais. J'ai été payé d'expérience avant ma première condamnation pour savoir que tout ce qu'on dit devant un juge d'instruction peut se retourner contre vous.

– Vous a-t-il posé une question qui vous ait semblé dangereuse ou même simplement embarrassante pour vous ?

– Non. Avant qu'il ne parte je lui ai simplement demandé s'il était dans ses intentions de m'inculper. Sa réponse fut : « – Tout dépend des autres interrogatoires. » Ce fut tout. Quels interrogatoires ? Ceux des gardiens qui escortaient la corvée de soupe, des détenus qui en étaient chargés, des cuisiniers peut-être ?

– Et vous, Bournol, qui selon vous pourrait être l'assassin ?

– Comme je sais que ce n'est pas moi, ça devrait se circonscrire entre les deux détenus qui faisaient la corvée : l'un poussait le chariot et l'autre tendait une gamelle à chaque détenu après l'avoir remplie de la soupe où flottaient des morceaux de viande et qui se trouvait dans la grande marmite en fer fixée au chariot. Pour ce travail, il s'est servi d'une louche : geste que j'ai toujours vu faire deux fois par jour, matin et soir, aussi bien à la Santé qu'ici à Melun. Il faudrait donc que l'assassin ait versé le cyanure sous une forme quelconque – peut-être un sachet de poudre dont il a su faire disparaître le contenu ? – à l'instant où la soupe a été soit dans la louche, soit déjà dans la gamelle... De toute façon il a fallu qu'il agisse très vite ! À moins que ce ne soit l'un des deux gardiens ? Mais pourquoi eux ?

– Ce jour-là le détenu-serveur a présenté la première gamelle à Carvault ?

– Oui.
– C'était toujours lui qui était servi en premier ?
– Ça variait. Le premier servi est celui qui tend les mains le premier : ce soir-là, ce fut lui...
– Et si l'inverse s'était produit ?
– Je serais mort et ce serait peut-être à Carvault que vous poseriez cette même question à condition, bien sûr, qu'il vous ait écrit comme je l'ai fait pour réclamer votre aide.
– Tout cela est quand même très bizarre...
– Je peux dire que je l'ai échappé belle !
– Ce que je n'arrive pas à comprendre c'est que l'on ait voulu tuer l'un ou l'autre de vous deux ?
– C'étaient peut-être les deux, maître, que l'on cherchait à supprimer ? Comme j'ai été le second servi, l'assassin n'a sans doute pas eu le temps ou la possibilité de renouveler son geste ?
– Sincèrement vous croyez que quelqu'un pouvait vous en vouloir à ce point, à vous Jules Bournol ?
– Je ne me connais pas d'ennemi.
– Connaissez-vous les deux détenus chargés de la corvée ?
– De vue seulement. On s'était rencontrés plusieurs fois pendant la promenade quotidienne dans la cour... Quand on tourne en rond dans un espace aussi exigu, c'est obligatoire qu'après quelque temps on finisse par repérer les têtes... Mais ni l'un ni l'autre n'étaient des copains : on ne s'est même jamais parlé.
– Vous avez beaucoup de « copains » ici ?
– Quelques-uns : Bouboule qu'on appelle comme ça parce qu'il est tout en rondeur, le grand Dudule qui lui est tout en longueur, Jacquot le petit frisé et deux ou trois autres... On a vite sympathisé parce qu'on est tous de la même région... Les autres, ceux du Nord ou d'ailleurs, nous ont même surnommés « La bande des Marseillais ». Ça les agace qu'on ait tous un peu de soleil dans le gosier.
– Ces copains en ont pris pour autant que vous quand ils ont été condamnés ?

— Certains un peu plus, d'autres un peu moins... C'est du kif-kif... Mais je vous garantis que, parmi eux, il n'y a pas un seul assassin.

— Du beau monde, quoi ! Revenons à cette soupe du soir... Comme il n'y a eu qu'un décès, celui de Carvault, et qu'il a été prouvé qu'aucun de ceux qui ont absorbé ce breuvage avant vous, provenant de la même marmite placée sur le même chariot, n'ont été empoisonnés ou seulement indisposés, cela restreint forcément le champ d'investigation au petit groupe composé de deux gardiens, des deux détenus de la corvée et, il faut bien le dire, de vous-même...

— Je le sais, maître ! Depuis quarante-huit heures que je suis au secret, j'ai eu tout le temps de réfléchir à la question et c'est bien pourquoi je vous ai écrit !

— Bournol, en votre âme et conscience et surtout sur ce que vous avez de plus cher au monde, Fraisette et votre petite Chris, vous allez me jurer que vous n'êtes pas le meurtrier de Bruno Carvault ?

Spontanément et sans une seconde d'hésitation, le truand répondit :

— Je le jure...

— Je vous crois... D'ailleurs je ne vois pas l'intérêt que vous auriez pu avoir à tuer cet homme qui ne vous avait causé aucun préjudice et ceci à quelques mois seulement d'une mise en liberté certaine ! Parlons maintenant un peu de ce Bruno... Depuis combien de temps était-il dans la même cellule que vous ?

— Deux mois tout au plus. Avant lui j'ai vécu, depuis mon incarcération ici, avec deux autres détenus; le premier était déjà là quand je suis arrivé et a été libéré après avoir purgé une peine de dix-huit mois. C'était un paysan, un gros balourd qu'on appelait « l'incendiaire ». Sa spécialité était de mettre le feu à des granges pour brûler les récoltes : une sorte de dingue, pas malin du tout et pas dangereux à l'exception des moments où sa lubie le reprenait... Celui qui l'a remplacé, après une semaine d'intervalle pendant laquelle je suis resté seul, était tout le contraire : une sorte d'illuminé qui n'arrêtait pas de faire des discours et qui voulait me convertir à ses théories anarchistes. Il avait été condamné pour avoir placé des bombes de sa fabrication devant des magasins où elles n'avaient occasionné que des dégâts matériels. Il n'appartenait à aucune bande et avait toujours agi en solitaire par haine de la société. J'ai eu à subir sa présence pendant neuf mois : il voulait que je devienne anarchiste ! Comme si ça pouvait m'intéresser, moi qui ne rêve que de devenir capitaliste !

– Il a été libéré, lui aussi ?

– Non... Envoyé d'urgence à l'infirmerie pour je ne sais quelle maladie. Il n'en est jamais revenu... Ensuite j'ai été à nouveau seul pendant trois mois avant que ne débarque un matin Bruno Carvault... Mais la veille au soir le gardien-chef m'avait prévenu :

« – Demain tu vas recevoir un nouveau compagnon de cellule. C'est un cas assez spécial qu'on ne peut pas mettre avec n'importe qui parce que ça déchaîne des bagarres...

« – Un sale caractère, chef ?

« – Même pas ! Il serait plutôt gentil, paraît-il... Seulement ce qui gêne partout ses codétenus, c'est la raison pour laquelle il a été condamné à perpétuité.

« – A perpète ? Alors c'était du sérieux ?

« – Plutôt... Il a étranglé un enfant de quatre ans qu'il avait enlevé pour obtenir une rançon des parents qui étaient riches.

« – Un dégueulasse, quoi !

« – Si l'on veut... Tu as certainement dû entendre parler de lui il y a une dizaine d'années : l'affaire Bruno Carvault...

« – C'est lui ? Ça alors ! J'avoue que je me serais bien passé de sa présence... Mais pourquoi l'envoie-t-on ici ?

« – Depuis dix ans qu'il est incarcéré, on le change de centrale à peu près tous les six mois... Difficile de le garder plus longtemps dans la même : dès que les codétenus savent qui il est, ça commence à bouger et ça se gâte : personne ne veut de lui ! Il paraît pourtant qu'il ne fait pas d'histoires et qu'il se tient tranquille. Sur les rapports qui viennent de précéder son arrivée il est même mentionné qu'il ne parle pratiquement à personne et qu'il passe son temps à lire ou à écrire. Un type bizarre... On dit que c'est sa personnalité qui ne plaît pas... C'est la raison pour laquelle le patron m'a convoqué il y a trois jours pour me demander avec qui on pourrait bien le mettre. J'ai pensé tout de suite à toi.

« – Merci quand même !

« – Ne te fâche pas, Bournol... Tu es ce qu'on a de mieux en ce moment : tu n'as jamais eu d'histoires depuis que tu es ici, tu es calme, tu n'es pas bête et tu vas sûrement bénéficier d'une libération anticipée d'ici quelques mois... alors tu arriveras bien à le supporter.

« – Facile à dire ! Moi, des mecs comme lui ça me dégoûte ! Et vous oubliez que je suis père de famille : j'ai ma Chris qui va avoir, elle aussi, quatre ans comme le môme qu'il a étranglé ! Vous croyez que ça va être agréable pour moi de vivre et de dormir dans ce gourbi avec un pareil compagnon ? Maintenant je me souviens bien de son affaire : il a échappé de justesse à « la veuve(1) »... Mais pourquoi, puisque personne ne peut le blairer dans les centrales, ne l'enferme-t-on pas seul dans une cellule ?

« – Par humanité : quelqu'un condamné à perpétuité deviendrait fou à ce régime. N'importe quel compagnon de cellule vaut mieux que la solitude.

« – Ce qui veut dire que je suis considéré comme étant n'importe qui ?

« – Ne dis pas de bêtises ! Toi tu es Jules Bournol que tout le monde aime bien ici, les gardiens comme les détenus... Ça établira une bonne moyenne entre toi et l'autre qui ne parvient pas à se faire piffer : ce qui n'est peut-être pas aujourd'hui sa faute mais plutôt celle du souvenir de son crime, tu comprends ? Ce n'est pas très gai comme perspective : perpète...

(1) Appellation d'argot désignant la guillotine.

« – Ne me faites pas rigoler, chef! S'il sait se tenir – et il n'y a aucune raison pour qu'il n'y parvienne pas... Je crois me souvenir qu'il n'était pas du tout idiot et même assez instruit, ce type-là – il arrivera bien à s'en sortir comme les autres... Aujourd'hui perpète ça va chercher au maximum dans les quinze ans... et comme il en a déjà fait dix, il n'est plus tellement loin de la quille!

« – Que ça te convienne ou pas, il faudra bien l'accepter dans ta cellule : l'administration de cette maison en a décidé ainsi. Et je te demande de te montrer sinon aimable avec lui, du moins correct! Je sais que tu en es capable. C'est d'autant plus important qu'à l'exception de toi, des gardiens et des deux passages quotidiens de la corvée de soupe, il ne verra personne d'autre dans la bâtisse.

« – Et quand il travaillera à l'atelier?

« – Tu sais bien que les condamnés à perpétuité ne travaillent pas en atelier avec les autres : ce serait pour eux une trop belle distraction.

« – Et pendant la promenade dans la cour?

« – Il y a droit, mais seul sous la surveillance d'un gardien qui a l'ordre de rester muet, et dans une cour plus petite. Il a toujours la ressource de s'y parler à lui-même ou d'y chantonner si ça lui fait plaisir... Mon bon Bournol, demain tu vas avoir la chance de faire la connaissance d'un homme tout à fait exceptionnel qui bénéficie d'un régime de faveur! »

Victor Deliot avait laissé, sans l'interrompre, le Marseillais lui relater la conversation qu'il avait eue avec le gardien-chef. Et il resta encore silencieux pendant que Bournol continuait :

– C'est ainsi que le lendemain Bruno Carvault a fait son entrée dans la cellule où j'étais bien tranquille... Si vous aviez assisté à cette arrivée! Il ne m'a même pas regardé ni dit un seul mot! Dès que la porte se fut refermée, il s'absorba dans le déballage de son paquetage qui contenait ses affaires de toilette et le linge réglementaire qu'il rangea avec un soin méticuleux sur la planchette placée au-dessus de son lit. On aurait dit un maniaque du rangement. Il me tournait le dos. Assis sur mon lit j'observais ses moindres gestes. Ce fut comme ça que je pus remarquer que, parmi les objets exhibés du paquetage qui lui semblaient être le plus précieux, se trouvaient deux livres reliés qu'il plaça également sur la planchette avec une sorte de respect. Ensuite, vinrent s'aligner à côté des livres une pile de cahiers d'écolier et une multitude de crayons. Quand ce fut fait, il se retourna enfin, s'assit à son tour sur son lit face à moi et commença à me dévisager sans rien dire. Après tout, peut-être avait-il eu raison de ne pas ouvrir la bouche ? Pourquoi faire assaut de politesse entre gens de notre acabit et même se présenter l'un à l'autre ? Avant d'arriver dans cette nouvelle résidence, il avait dû être affranchi sur mon compte comme je l'avais été sur le sien : pour lui je faisais figure de petit truand sans envergure alors que pour moi il était le plus ignoble des criminels.

– Vous avez quand même bien fini par échanger quelques paroles, ne serait-ce qu'aux heures des repas ?

– Pas lors des premières vingt-quatre heures. Ce qui ne me fit ni chaud ni froid : pendant la journée j'allais travailler sous escorte à l'atelier tandis que lui restait dans la cellule. Les deux fois où l'on me ramena ce jour-là, je pus constater qu'il écrivait sur l'un de ses cahiers... Il écrivait d'ailleurs tout le temps, ou bien il lisait l'un de ses bouquins. Le lendemain, il fut appelé par les gardiens qui lui annoncèrent : « Vous avez une visite, votre mère. » Je remarquai qu'il les suivit sans grand enthousiasme. Je n'ai jamais eu la chance de connaître ma mère mais, s'il en avait été autrement, je crois que j'aurais été rudement content de recevoir sa visite ! Pas vrai, maître ?

– Tous les individus ne sont pas de la même étoffe...

– Pendant son absence j'ai ouvert les cahiers d'écolier : les pages étaient noircies d'une écriture serrée et bien rectiligne qui racontaient des choses...

– Quelles choses ?

— Je ne suis pas très instruit mais j'ai tout de suite compris que ce gars-là avait fait des études... Ça se sentait à l'écriture, aux mots qu'il utilisait et surtout à la façon dont il tournait ses phrases... De belles phrases... Sur la couverture du premier cahier, il avait écrit *Pensées d'une autre vie* et sur toutes les autres : *suite*...

— Ça vous a intéressé ?

— Oh, vous savez... Moi, la lecture ! Mais j'ai pourtant ouvert les deux bouquins, ne serait-ce que pour savoir ce qu'il lisait... Eh bien ! j'en suis resté éberlué : c'étaient *la Bible* et *les Saints Evangiles !* Comme lecture distrayante, vous repasserez ! Et comment un pareil criminel pouvait-il trouver un plaisir à lire des ouvrages aussi pieux et aussi ennuyeux ?

— Il arrive souvent que les sentiments les plus élevés habitent ceux qui sont capables de commettre les pires méfaits... Et les dix années de réclusion qu'avait déjà endurées cet homme avaient peut-être eu sur lui un effet salutaire ?

— C'est possible, maître, mais je vous garantis qu'à aucun moment, pendant les deux mois que nous avons passés ensemble je ne l'ai trouvé sympathique ! Il ne cherchait pas d'ailleurs à l'être : ça lui indifférait complètement qu'on le plaigne ou qu'on le déteste et, aux rares fois où il s'est décidé à m'adresser la parole, ça n'a été que pour me faire des sermons ou me donner des conseils de bonne conduite pour le jour où je serais libéré... Vous avouerez qu'il était plutôt mal placé pour me parler ainsi ! Je me souviens que lorsqu'il est revenu de la visite de sa mère, il m'a trouvé, assis sur mon lit et ayant encore en main le plus gros de ses bouquins, la Bible. Ce fut la première fois où j'entendis le son de sa voix qui était très douce, presque trop même... Une voix blanche parlant lentement et disant le moins de mots possible comme si elle craignait de se fatiguer :

« — Vous avez raison de lire la Bible. C'est le seul livre au monde où l'on trouve tout ce dont on a besoin... »

» Et, comme je le regardais sûrement avec ahurissement, semblant faire un nouvel effort pour parler, il ajouta :

« – Vous feriez bien aussi de lire les Saints Evangiles : ils la complètent...

» Sa voix m'avait glacé. Je lui rendis sa Bible à laquelle je ne touchai plus jamais.

– Comment était-il physiquement ?

– Blond avec des yeux bleus, le visage poupin, la taille moyenne, la silhouette plutôt frêle et n'ayant rien d'un malabar. Comme je me souvenais qu'il avait étranglé l'enfant, je regardai ses mains : elles étaient petites et très fines. On aurait dit des mains de femme.

– C'était un homme de quel âge ?

– Difficile à dire... Le plus souvent, avec toute sa blondeur il avait l'air d'un adolescent mais, à certains moments, son visage prenait brusquement un teint terreux, son regard se creusait comme s'il souffrait physiquement, ses yeux cessaient d'être bleus pour tourner au gris et prendre une fixité assez effrayante : on aurait dit qu'ils ne regardaient plus ce qui était autour d'eux et qu'ils voyaient un autre monde.

– Un regard de fou ?

– Pas exactement... Plutôt celui de quelqu'un dont tout l'être est empoigné par une froide détermination... Mais ça ne durait pas longtemps : très vite il retrouvait son apparence doucereuse.

– Mon pauvre Bournol, je comprends que vous ne vous soyez pas senti très à l'aise en pareille compagnie !

– C'est ce que me disaient tous les copains de notre bande de Marseillais. Si vous les aviez entendus la première fois où je leur ai annoncé, pendant la promenade dans la cour, que je venais d'hériter de Bruno Carvault comme codétenu ! C'était même incroyable : certains, parmi eux, se souvenaient tellement de son affaire, survenue onze années plus tôt, qu'ils racontaient tous les détails ! Et ce n'était pas ragoûtant, ni fait pour me remonter le moral ! Tous aussi, sans exception, étaient d'accord pour dire qu'un pareil salaud aurait dû être exécuté depuis longtemps et je compris à ce moment pourquoi le directeur de la centrale avait jugé préférable d'isoler Carvault pour les promenades quotidiennes et de ne pas l'envoyer travailler dans un atelier. Tôt ou tard les autres l'auraient lynché ! Non seulement il traînait son crime derrière lui mais sa face de mi-carême était impossible à digérer... Je me demande encore ce que ça aurait pu donner s'il s'était promené dans la cour au milieu des autres en lisant sa Bible et en répandant la bonne parole !

– Il était vraiment aussi haï que cela ?

– Encore plus que vous ne pouvez le croire.

– Et les surveillants, que disaient-ils de lui ?

– Rien. Ce n'est pas leur rôle de porter un jugement sur ceux qu'ils doivent garder mais je sentais qu'ils me plaignaient... Heureusement, un mois après son arrivée, j'ai bénéficié du congé de quatre jours qui m'a permis d'aller embrasser les miens et de ne plus avoir la présence de Carvault dans mon intimité.

– Ce dut être pour vous un véritable cauchemar de le retrouver à votre retour, égal à lui-même ?

– Ce fut pire : je sentais qu'il m'en voulait de ce que j'aie obtenu une faveur qu'il n'avait jamais connue depuis dix années.

– Et pour cause !

– Cela lui donna même la force, quand il m'a revu, d'ouvrir la bouche pour dire : « – Moi quand je quitte ma prison, c'est pour être transféré dans une autre... Bientôt je connaîtrai toutes les taules de France ! » Je répondis : « – Peut-être est-ce de votre faute ? Vous avez la réputation de ne pas pouvoir vous faire accepter par vos codétenus... Quand on est condamné à rester entre quatre murs pendant un bon bout de temps, il me semble qu'il vaut mieux composer avec les autres ? » Devenant blême, il dit : « – Vous ne manquez pas d'humour en parlant d'un *bon bout de temps* en ce qui me concerne... Ce qui est vrai, c'est que je ne m'acclimaterai jamais à une pareille promiscuité ! »

» Je faillis lui casser la gueule, mais à quoi cela aurait-il servi ? Uniquement à retarder ma mise en liberté définitive pour avoir déclenché une bagarre... Ça l'a tellement ennuyé de constater que je ne lui avais pas répondu qu'il reprit en retrouvant sa voix doucereuse : « – D'ailleurs rien ne dit que je resterai plus longtemps que vous ici... »

» Après ce qui vient d'arriver, il s'est révélé prophétique.

– C'est assez étrange qu'il ait dit cela... Sachant très bien qu'il était encore loin d'être au bout de sa peine et que, s'il quittait cette centrale de Melun, ce ne serait que pour aller dans une autre, ça pourrait laisser supposer qu'il pensait au suicide pour s'arracher à son enfer. Hypothèse très sérieuse qui ne doit pas être négligée et qui expliquerait tout... Ce mysticisme ou, à défaut, ce semblant de religiosité que vous avez cru déceler en lui n'était peut-être pas de la frime ? Maintenant qu'il a payé de sa vie et d'une façon ou d'une autre sa dette vis-à-vis de la société, nous n'avons pas le droit de ne pas admettre que son geste suprême, s'il a eu lieu, n'ait pas été dicté par une sorte de repentir...

– Maître, il y a aussi un détail que j'ai oublié de vous dire : tous les soirs, allongé sur son lit, il égrenait un chapelet.

– Un chapelet ? Vous voyez que nous ne sommes pas tellement loin d'une certaine vérité... Voyait-il l'aumônier ?

– Celui-ci le faisait demander au parloir toutes les semaines. Je me demande ce qu'ils pouvaient bien se raconter !

– Ça ne vous regarde pas, Bournol ! Et quand il revenait de ces entrevues, qui n'étaient peut-être que la suite d'une longue confession, comment était-il ?

– Très calme.

– Apaisé sans doute... La religion est un admirable baume... Et vous ? Avez-vous demandé aussi à voir l'aumônier ?

– Non. La religion et moi, ça fait deux... Je n'ai jamais été très porté là-dessus.

– A chacun ses convictions... Eh bien ! mon cher

Bournol, j'ai l'impression que, grâce à cette longue conversation, nous avons à peu près fait le tour de la question : vous m'avez très bien esquissé la silhouette du disparu et, surtout, je vous connais moins mal que par une simple lettre. Rien ne vaut le contact direct.

– Il y a encore quelque chose que je ne vous ai pas dit et qui a peut-être de l'importance...

– Parlez.

– Le lendemain du jour où je suis revenu de mon congé et où Carvault m'a fait comprendre qu'il n'était pas certain de rester plus longtemps que moi ici, une drôle de rumeur courut dans la centrale... C'était pendant les promenades dans la cour qu'on se disait tout... Après que j'eus raconté à ceux de notre petite bande ce que j'avais fait pendant mon congé...

– Je suis sûr que vous n'avez pas pu résister au plaisir de leur relater votre visite au Café des Amis ?

– Ça, c'est vrai ! D'autant plus qu'il y en a deux, dans le lot, qui le connaissent : en m'écoutant, ils avaient les larmes aux yeux...

– La nostalgie du pays... Continuez : cette rumeur ?

– Ce sont mes copains qui me l'ont rapportée... Ils m'ont dit que le bruit commençait à se répandre que Bruno Carvault allait être bientôt libéré.

– Quoi ? Et pour quel motif ?

– Pour sa bonne conduite, lui aussi... On disait que, pendant les dix années qu'il venait déjà de faire, il n'avait pas fait la moindre incartade.

– Dix années seulement après avoir frôlé la guillotine pour un crime pareil, ça me paraît tout de même très court ! Quinze ans peut-être, mais pas dix ! A moins qu'il n'ait profité d'une intervention exceptionnelle ? Mais il aurait fallu qu'elle vienne de très haut... Il est vrai qu'aujourd'hui on peut s'attendre à tout avec la clémence du régime pénitentiaire...

– Quand on m'a dit ça, j'ai répondu que, si c'était vrai, je trouverais cela un peu fort... Proportionnellement, ce serait comme si on m'avait libéré au bout d'un mois ! Seulement je n'ai pas pu m'empêcher de faire un rapprochement entre cette nouvelle et ce que m'avait dit Carvault la veille : ce dont je n'ai fait part à personne. Après tout, me suis-je dit, s'il peut avoir une chance pareille, tant mieux pour lui! Ce qu'il faut souhaiter, c'est qu'il ne recommence pas trop tôt à s'en prendre à un autre môme... Moi, même si on m'affirmait qu'il est complètement repenti, ce type-là ne m'inspirerait jamais confiance. Je venais d'être trop près de lui pendant un mois pour ne pas me faire une opinion... Les jours suivants, à la promenade, la rumeur a persisté. Comment les copains pouvaient-ils savoir cela? Je n'en sais rien! Ni la radio que nous avions le droit d'écouter pendant le travail à l'atelier, ni les quelques journaux que nous pouvions lire n'en avaient fait mention. Ce n'était qu'un bruit, mais vous savez : en prison, où le silence est presque toujours obligatoire, les moindres bruits prennent de l'importance... Et, il y a dix jours exactement, donc sept avant sa mort, Carvault a reçu la visite de son avocat qu'il a été rejoindre dans le parloir.

– Avocat qui venait le voir aussi souvent que l'aumônier?

– C'était la première fois depuis qu'il était à Melun. Quand il est revenu de cette visite, il sifflotait... Oui, maître, c'est comme je vous le dis! Jamais ça ne s'était produit avant... Il n'avait plus du tout sa tête d'enterrement. Il avait même un petit sourire bizarre, l'un de ces sourires suffisants où l'ironie se mêle au mépris et que je n'aime pas. Sans que je lui aie rien demandé, il m'a dit :

« – J'ai la certitude maintenant de partir d'ici avant vous... (Il ne m'a jamais tutoyé. Moi non plus! Le tutoiement c'est une marque d'affection que l'on ne réserve qu'aux vrais amis.) Il continua : « – Je crois que, sans vous regretter, je penserai de temps en temps à vous... Je me dirai : ce pauvre bougre, il est toujours en train de moisir dans sa cellule, alors que moi...! Je vous serai reconnaissant d'une chose : c'est d'avoir su vous montrer le plus silencieux de mes codétenus. C'est pour cela que nous ne nous sommes pas trop mal entendus. Tous ceux que j'ai connus, dans les nombreuses villégiatures que l'on m'a fait faire, étaient insupportables! Ils ne cessaient pas de me poser des questions! Ils voulaient absolument savoir...

« – Savoir quoi?

« – Comment s'était exactement passé l'événement qui m'avait conduit entre quatre murs depuis aussi longtemps... C'était même à se demander s'ils ne cherchaient pas des renseignements pour pouvoir s'exercer à leur tour plus tard quand on les aurait libérés! Comme si le crime n'était pas un art très personnel! »

» Il m'avait dit cela avec un tel cynisme que je ne pus m'empêcher de lui demander : « – Vous êtes fier du vôtre? »

» Il ne répondit pas et, à partir de cet instant jusqu'à la fin, nous ne nous sommes plus parlé. Mais il continua quand même à siffloter tous les jours : une heure avant sa mort, il sifflotait encore... Un air qui était toujours le même! Je n'en pouvais plus de l'entendre! Excédé, je l'aurais volontiers étranglé comme il l'avait fait avec le gosse... Ça lui aurait appris quelle sensation on éprouvait! Mais je me suis retenu une fois de plus : j'ai pensé à Chris que je reverrais bientôt... Maître, je crois vous avoir tout dit.

– Je vous en sais gré. Mon cher Bournol, nous allons nous quitter.

La consternation se lut sur le visage du truand :

– Mais, maître... Maintenant que vous savez tout, est-ce que vous accepteriez de me défendre si j'étais inculpé?

– Laissez-moi encore réfléchir. De toute façon, je vous ferai connaître ma réponse en temps utile pour que vous puissiez, éventuellement, vous adresser à un autre défenseur... Je connais une foule de confrères – je vous indiquerai même leurs noms au besoin – qui seraient passionnés par la bizarrerie de votre cas. Moi, je suis un vieux bonhomme qui ne se lance jamais à la légère dans une nouvelle aventure judiciaire, quelle qu'elle soit. Si j'accepte, je vous promets que vous serez défendu et ceci jusqu'au bout ! D'un autre côté, j'ai l'impression que ni ma présence ni celle d'un autre confrère à vos côtés ne sera nécessaire : vous n'êtes pas encore inculpé et, si tout ce que vous venez de me dire est exact, je ne vois aucune raison pour que vous le soyez.

– Ils m'ont pourtant mis au secret ! Ce n'est pas très bon signe, ça...

– Peut-être est-ce pour vous protéger ?

– De quoi et de qui ?

– De contacts avec beaucoup de gens... Ne serait-ce qu'avec vos camarades d'atelier ou même ceux qui se promènent avec vous dans la cour... Et si cela peut vous apporter une certaine sérénité, sachez que j'ai appris par votre directeur que les deux détenus qui poussaient le chariot et servaient la soupe au moment du décès de Carvault, ont été mis au secret comme vous.

– Et les deux surveillants qui étaient là, eux aussi, ils peuvent être également coupables !

– On ne met pas des gardiens de prison, qui sont assermentés, en prison sans qu'il n'y ait au préalable une enquête approfondie. Enquête qui sera faite, n'en doutez pas ! A mon avis leur plus grande culpabilité est de n'avoir pas su surveiller tous les gestes des détenus de la corvée : sinon ils auraient bien vu l'un d'eux jeter le poison dans la louche ou dans la gamelle de Carvault. Pour vous c'est différent : vous auriez très bien pu accomplir cette basse besogne, qui ne demandait que deux secondes au plus, quand la porte de la cellule s'est refermée et juste avant que votre codétenu ne commence à s'alimenter...

– C'est à voir, maître, que vous me considérez comme étant l'assassin ?

– Je vous l'ai déjà dit : vous êtes incontestablement l'un des criminels possibles mais, du moment que vous m'avez juré le contraire sur la tête de votre Chris, je crois en votre parole : vous n'êtes pas le meurtrier. C'est tout, Bournol.

Il s'était levé pour aller appuyer sur le bouton de sonnette qui indiquait aux gardiens, stationnant dans le couloir, que l'entretien était terminé. La porte s'ouvrit.

– Au revoir, maître. Et merci quand même d'être venu aussi vite pour m'écouter.

– Je n'ai fait que mon devoir. Je ne vous dis pas « A bientôt » : cela indiquerait que, vous sachant inculpé, je serais revenu pour vous défendre. Mieux vaut que je vous dise : « A jamais » ! Cela signifiera que pour vous tout va bien...

LES RECHERCHES

Cinq jours passèrent pendant lesquels Victor Deliot eut tout le temps de se remémorer ce que lui avait dit Jules Bournol. Le fruit de ses réflexions fut que ce dernier ne pouvait être l'assassin de Bruno Carvault. Il ne trouvait pas le mobile qui aurait pu le pousser à accomplir un tel crime dont les conséquences se retourneraient immédiatement contre son propre intérêt qui était de bénéficier le plus tôt possible de la libération anticipée qu'il était certain d'obtenir pour sa bonne conduite pendant les deux années d'internement qu'il venait déjà d'endurer. De plus, le truand lui avait juré d'homme à homme qu'il n'était pas l'auteur du crime. Et Deliot, qui en avait eu un bon nombre à défendre au cours de sa carrière, savait par expérience que la parole d'un truand peut largement valoir celle d'un honnête homme, surtout quand celui-ci a, dans sa vie, de fortes attaches sentimentales.

Fraisette, et peut-être encore plus la petite Chris, devaient être de très forts moteurs psychologiques pour celui qui ne pensait qu'à elles dans la tristesse de la prison. Enfin, avec sa bonne gueule, son regard franc et sa façon un peu rude de raconter les faits, Jules Bournol ne lui donnait absolument pas l'impression d'être quelqu'un qui pouvait aller jusqu'au crime. Tout, même dans la façon dont il s'y était pris pour ses « expéditions » répréhensibles, indiquait qu'il avait une répugnance instinctive à tuer et à utiliser les armes jusqu'au bout. Qu'il fût un personnage sans grands scrupules n'hésitant pas à voler pour se procurer de l'argent, c'était certain, mais de là à aller jusqu'au crime, il y avait une sérieuse marge.

En revanche – et c'était bien ce qui gênait le plus les

réflexions de l'avocat – il paraissait également très douteux que l'un ou même les deux détenus chargés de la corvée de soupe le jour du meurtre, fussent le ou les véritables assassins. Quel intérêt auraient-ils eu, eux aussi, à accomplir un tel acte? Le mépris que tous les détenus avaient pour le crime odieux de Carvault? Il ne pouvait tout de même pas se transformer en volonté de le supprimer alors qu'eux-mêmes étaient encore sous les verrous et ceci sous les yeux de gardiens qui n'étaient pas hommes à relâcher leur surveillance et qui épiaient sans cesse leurs moindres gestes. Quant à ces derniers, il fallait tout de suite les éliminer. Il ne restait donc vraiment, comme suspect n° 1, que Bournol...

Une fois la porte de la cellule refermée et alors que la corvée de soupe allait vers la cellule voisine, il avait eu incontestablement la possibilité de verser d'un geste preste le poison dans la gamelle de Carvault... Aussi Victor Deliot ne fut-il qu'à moitié étonné quand un appel téléphonique du directeur de la centrale lui annonça que Jules Bournol, ayant été officiellement inculpé par le juge d'instruction commis, venait d'être transféré d'urgence à Fresnes.

L'inculpation marquait peut-être le commencement d'une erreur judiciaire, mais le transfert était une mesure sage. Non seulement Bournol retrouvait la prison où il avait purgé sa première condamnation – ce qui n'avait dû lui faire qu'un médiocre plaisir – mais il était soustrait à l'atmosphère de Melun où l'odeur du crime serait très vite devenue irrespirable pour lui. Le truand avait trop de « copains » – la bande des Marseillais comme il l'avait dit lui-même – dans l'établissement où on n'aurait pas pu le garder longtemps au secret. Au moins, à Fresnes, il n'y serait plus et ceci même, ce qui était probable, si on l'incarcérait dans une cellule où il se trouverait seul.

Dans son nouvel appel téléphonique, M. Perrin avait annoncé que Jules Bournol avait demandé qu'on prévienne immédiatement celui à qui il s'était déjà adressé. En raccrochant Victor Deliot était perplexe : irait-il ou refuserait-il l'affaire ? Si le juge d'instruction avait lancé l'inculpation après cinq journées d'attente, ce ne pouvait être qu'après l'avoir étayée sur de graves convictions. Maintenant Bournol avait besoin d'un défenseur. De toute façon Victor Deliot, qui avait promis de lui donner une réponse, irait la lui porter lui-même, estimant que c'était là son devoir.

Deux heures plus tard il arrivait à Fresnes dont il connaissait les coins et recoins encore mieux que ceux de la centrale de Melun pour y être venu voir beaucoup plus souvent des clients. La deuxième entrevue se passa comme la première dans un parloir uniquement réservé aux détenus et à leurs défenseurs, mais elle fut beaucoup plus courte.

– Alors ça y est : vous êtes inculpé ?

Jules Bournol, accablé, baissa la tête et les yeux sans répondre.

– J'aime qu'on me regarde en face ! Je ne suis pas un juge d'instruction. Relevez la tête... Et pensez aussi bien à Fraisette qu'à Chris.

– Mais je ne fais que cela, maître, depuis qu'on m'a notifié l'inculpation !

Quand il releva la tête, son regard était voilé de larmes.

– Vous n'allez tout de même pas pleurer, un gaillard de votre trempe ! Bon sang, ce n'est pas parce qu'on est inculpé qu'on est condamné ! Il y a des gens très bien qui sont inculpés et qui en ressortent la tête haute...

– Je ne comprends pas.

– Moi non plus ! Je ne connais pas les termes de l'inculpation mais il y a, après tout ce que vous m'avez expliqué, quelque chose qui m'échappe... Car j'ai la conviction que vous êtes innocent. Et j'ai votre parole : ce qui est pour moi l'essentiel.

– Maître, vous acceptez de me défendre ?

La voix ensoleillée s'était faite suppliante. Et comme l'avocat ne répondait pas, elle reprit :

– Je comprendrai très bien que vous refusiez, mais, s'il en était ainsi, je vous jure que je ne m'adresserai à aucun autre de vos confrères ! Je n'ai confiance qu'en vous. Si ce n'est pas vous qui me défendez, je préfère accepter n'importe quel avocat commis d'office.

– C'est là, mon ami, un détestable raisonnement. Je connais d'innombrables confrères qui me sont supérieurs et dont la notoriété même peut constituer un puissant adjuvant pour votre défense. D'autant plus que votre cas est loin d'être désespéré.

– Alors, pourquoi hésitez-vous ?

– Une dernière fois, jurez-moi que vous n'avez pas accompli le petit geste...

– Quel geste ?

– Celui de jeter le cyanure dans la gamelle de Carvault avant qu'il n'y trempe sa cuillère ?

– Comment voudriez-vous même que je l'aie fait, ce geste ? Si vous croyez qu'il me prêtait sa gamelle ! C'était un type beaucoup trop méfiant pour cela ! Il n'avait confiance en personne... Il aurait fallu être manipulateur pour y arriver ! Ce qui n'est pas mon cas, surtout avec des mains pareilles...

Il montrait ses deux mains, énormes et massives. Après les avoir contemplées en silence, l'avocat reconnut :

– Il est certain que lorsque l'on possède des armes naturelles pareilles, il paraîtrait plus logique d'étrangler quelqu'un dont on ne peut plus supporter la présence plutôt que de l'empoisonner... Il est vrai aussi que les doigts laissent des traces dans la chair alors que le poison est plus discret... Si je vous dis cela, Bournol, c'est parce que je suis bien obligé de supputer le pour et le contre, c'est-à-dire ce qui, aux assises, se révélera bénéfique ou maléfique pour vous...

Il y eut encore un moment de silence avant qu'il ne se décide à dire :

– Eh bien tant pis ! Je prends le risque... Car il y en a un : pas pour vous, mais pour moi... Parfaitement ! Vous, vous devriez pouvoir vous en tirer aisément : je jouerai à fond sur la thèse du suicide de Carvault. Ça devrait marcher et vous conduire à un splendide acquittement tandis que moi ! Eh oui, mon ami, ce n'est pas là le genre de procès qui auréole la carrière d'un défenseur, et comme j'en suis au stade où la clientèle se fait pour moi de plus en plus rare...

– Mais je vous paierai, maître, je vous le promets !

– Ce n'est pas l'argent que je cherche... S'il en avait été ainsi, il y a longtemps que je me serais retiré entouré de tous mes chers bouquins que je n'ai pas encore eu le temps de lire ! Malheureusement, je n'en ai pas les moyens... Et puis, franchement, comment pourriez-vous me régler mes honoraires ? Grâce aux gains de Fraisette ? Je ne mange pas de ce pain-là... Peut-être aussi en faisant un nouveau hold-up et en le réussissant cette fois ? On risquerait de me prendre pour votre complice... Non ! Il va falloir, une fois de plus, que je me débrouille avec les moyens du bord qui sont assez limités... L'important, c'est de conserver la tête froide.

– Merci, maître !

– Vous me remercierez plus tard si je réussis à vous sortir de ce nouveau guêpier. Si j'accepte de vous défendre, ce n'est pas seulement parce que vous ne m'êtes pas antipathique, mais beaucoup aussi pour cette Chris qui a le même âge que celui qui a été tué par Carvault et qui a peut-être déjà une furieuse envie de mieux connaître son papa... En sortant d'ici je me rendrai immédiatement auprès du juge d'instruction pour lui annoncer que j'assure votre défense : ce qui me permettra de prendre connaissance de ses conclusions à votre égard. Ainsi nous y verrons plus clair. La base élémentaire du bon exercice de ma profession est de bien connaître chaque terme de l'accusation pour le contrecarrer... Si vous ne me revoyez pas avant quelques jours, ne vous inquiétez surtout pas ! J'ai l'impression que je vais presque sûrement être dans l'obligation d'accomplir quelques déplacements pour vérifier certains faits dont vous m'avez parlé. Quand je vous reverrai, je serai mieux paré pour vous poser encore quelques petites questions subsidiaires et peut-être même pour vous annoncer que l'issue de votre procès ne m'inquiète plus du tout... Je vous demande de rester très calme pendant mon absence et de faire savoir au juge d'instruction, au cas où il manifesterait le désir de vous interroger à nouveau, que vous ne répondrez qu'en présence de votre avocat, Me Victor Deliot. D'ailleurs, au cours de la visite que je vais lui faire, je lui ferai moi-même part de mon absence de quelques jours motivée pour plaidoiries en province, car il n'est pas question de lui expliquer qu'en réalité je ne me déplace que pour vous.

– Mais où allez-vous aller, maître ?

– Ça ne vous regarde pas pour le moment... Cependant s'il m'arrivait, au cours de mes pérégrinations, de passer par le Sud-Est – ce qui n'est pas certain – je ne manquerai pas d'aller dire de votre part un petit bonjour à Chris et à sa maman, ne serait-ce que pour les rassurer sur votre compte. Fraisette doit être affreusement inquiète ?

– Elle est affolée depuis que je lui ai écrit ce qui s'était passé.

– J'espère que vous n'en avez pas trop dit dans votre lettre ?

– Ce n'était pas la peine : comme tout le monde elle avait lu les journaux et comme je lui avais raconté, pendant ma permission, que l'on avait flanqué Carvault dans ma cellule...

– Désirez-vous que je lui transmette un message personnel ?

– La meilleure nouvelle pour elle sera d'apprendre que vous êtes mon défenseur.

– Pourtant elle ne me connaît pas ?

– Après votre première visite je lui ai écrit que vous étiez venu me voir et que ce qui pourrait m'arriver de mieux, si les choses tournaient mal pour moi, serait que vous consentiez à assurer ma défense... Dites-lui aussi que plus j'ai d'ennuis et plus je pense à elle.

– Si je vais là-bas, je vous promets que ce sera dit. A propos, soyez gentil de me donner son adresse.

Dès qu'il l'eut notée, il prit congé de son nouveau client :

– A bientôt... Et surtout, je le répète : du calme !

Quand il revint chez lui Victor Deliot avait vu le juge d'instruction et pris connaissance du texte d'accusation qui avait motivé l'inculpation : Jules Bournol était le seul personnage qui avait pu jeter le cyanure dans la gamelle de Bruno Carvault. Il était accusé d'homicide volontaire ayant entraîné la mort subite d'un homme. Dans la conversation qu'il avait eue avec lui, le juge d'instruction lui avait expliqué que les résultats de l'enquête minutieuse menée pendant les cinq jours d'attente aussi bien auprès des deux préposés à la corvée de soupe que des deux gardiens qui les accompagnaient, prouvaient irréfutablement que le poison n'avait pu être versé par les deux détenus, les gardiens ayant certifié sur la foi du serment qu'ils avaient surveillé sans relâche, comme ils le faisaient devant chaque cellule, leurs moindres gestes et qu'il était donc absolument impossible qu'ils aient commis le crime. Toutes les présomptions retombaient automatiquement sur le seul Bournol. Et comme Deliot avait la conviction qu'il n'avait pas commis ce crime, il ne lui restait pour étayer solidement la défense que la thèse du suicide.

Le lendemain matin un avion le déposait à l'aéroport de Marignane. Une demi-heure plus tard un taxi l'amenait devant le domicile de Fraisette, à moins que ce ne fût celui de Jules Bournol : ce qui d'ailleurs n'avait aucune importance pour lui. C'était un très modeste pavillon, situé à la sortie de Marseille sur la route de Cassis et sans étage. Il était plutôt vétuste et entouré d'un jardinet à l'abandon, ceinturé lui-même par un mur de brique plus récent que la bâtisse et qui avait peut-être été édifié par Bournol lui-même. Une grille rouillée servant de porte d'entrée, permettait de jeter un regard sur le jardin. Extérieurement l'ensemble ne sentait pas l'opulence. Il n'était pas loin de midi, le soleil se trouvait à son zénith et la température se montrait assez clémente pour une fin de novembre.

Le vieil homme patienta quelques instants dans l'espoir qu'un signe de vie proviendrait de la maison dont les deux fenêtres symétriques, placées chacune de chaque côté de la porte vétuste, étaient voilées intérieurement par de petits rideaux de dentelle brodés empêchant de voir ce qui se passait à l'intérieur. C'était l'authentique pavillon de banlieue sans la moindre personnalité et ressemblant à tous ceux qui foisonnent aux alentours des grandes villes françaises. Pourtant, se disait Deliot, c'était à cette heure du repas de midi qu'il risquait d'avoir le plus de chance de trouver la compagne de Bournol dans les lieux. Il se décida enfin à appuyer sur le bouton de sonnette placé dans le mur à droite de la grille.

L'attente ne fut pas trop longue avant que la porte de la maison ne s'entrouvre. Dans l'encadrement apparut une jeune femme, un peu trop blonde pour que la teinte des cheveux fût tout à fait naturelle.

Vêtue d'un tailleur noir et portant autour du cou un foulard de soie blanche qui lui donnait un certain chic, elle tenait par la main une fillette rousse, proprement vêtue elle aussi, qui ne pouvait être que cette petite Chris dont le détenu avait parlé avec une telle émotion. Pendant le court trajet de la maison à la grille, le visiteur put se rendre compte que la silhouette et la démarche de la jeune femme ne manquaient pas d'élégance. C'était même à se demander comment une telle créature pouvait vivre dans une demeure d'apparence aussi modeste. Arrivée derrière la grille, elle demanda, hésitante, au vieil homme au feutre informe et au manteau élimé :

– Monsieur ?

– Vous ne me connaissez pas, madame, mais je crois très bien savoir qui vous êtes, ainsi que cette charmante enfant, par quelqu'un qui vous chérit toutes les deux : Jules Bournol... Je suis son défenseur dans la nouvelle affaire qui vient, hélas, de lui tomber sur le dos ! Victor Deliot, avocat à la cour...

Le visage de la femme s'éclaira tandis que sa voix reprenait, douce et joyeuse :

– Oh, maître, c'est vous ? Jules m'a parlé de vous avec enthousiasme dans une lettre reçue il y a quatre jours, mais il ne savait pas encore si vous accepteriez de le défendre pour cette sale histoire.

– Je n'ai pris cette décision qu'hier en fin d'après-midi. Il n'a donc pas eu encore le temps de vous l'annoncer. Quant à dire que c'est une « sale histoire », ce n'est pas certain... J'ai l'impression qu'il doit être possible de l'en sortir à condition que vous collaboriez avec moi. C'est d'ailleurs pourquoi je suis venu vous rendre visite.

– Je vous en prie, maître, entrez...

La grille franchie, Deliot tapota amicalement la joue de la fillette, qui lui fit un sourire, en disant :

– Je comprends que l'on puisse chérir un pareil trésor !

– Vous ne trouvez pas que Christiane ressemble à Jules ?

– Oui et non... Evidemment elle n'a pas votre blondeur... Ses yeux sont très intelligents et regardent en face comme ceux de son père quand il veut bien lever la tête...

Arrivé dans la maison, il remarqua qu'elle était admirablement tenue et plutôt confortable. On y sentait la présence d'une femme ordonnée : le contraste était même assez saisissant avec l'apparence extérieure. Le mobilier moderne révélait un certain goût qui se retrouvait dans la pièce voisine dont la porte était entrouverte et qui était la chambre à coucher. Une autre porte, pratiquée dans le mur du fond, donnait sur une cuisine très claire où deux couverts étaient dressés sur une petite table recouverte d'une nappe aux couleurs vives.

– Je m'excuse, madame, d'être venu vous déranger à l'heure du déjeuner mais, mon passage à Marseille devant être très rapide, je n'ai pas pu faire autrement.

– Cela n'a aucune importance, maître. La seule chose qui compte est que vous veniez en aide à mon mari.

Victor Deliot ne fit aucune remarque sur cette dernière épithète : après tout puisque le truand disait de Fraisette « ma femme », pourquoi ne l'appellerait-elle pas « mon mari » ?

– Puis-je vous offrir quelque chose?

– Absolument rien, madame... Mais il serait préférable que nous ayons une conversation à deux : aujourd'hui, grâce à la télévision, une petite fille de quatre ans est déjà très éveillée...

– Christiane, sois gentille d'aller jouer dans le jardin. Je t'appellerai tout à l'heure pour le déjeuner.

L'enfant obéit sans rechigner : ce qui indiquait que sa mère devait savoir l'élever.

– Chère madame, votre ami m'a tellement bien expliqué votre situation que j'en suis arrivé à penser que vous formez avec lui un couple uni pour le meilleur et pour le pire. En ce moment vous traversez une mauvaise passe mais il n'y a aucune raison, malgré les événements qui viennent de se produire, pour qu'elle s'éternise... Vous aimez Bournol?

– Je ne pourrai pas vivre sans lui et sans ses conseils.

– Et comme il vous adore, tout est pour le mieux... Quand on s'aime à ce point on se connaît... Et comme personne n'est plus près de mon client que vous, je vous demande de me parler de lui... Dites-moi n'importe quoi le concernant, tout ce qui vous passera par la tête! Je vous écoute.

– Parler de Jules? Mais c'est pour moi à la fois très facile et très difficile... La première chose que je peux dire est qu'il est bon : il a horreur de faire de la peine à qui que ce soit!

– Pourtant ses vols répétés ne furent tout de même pas des actes de philanthropie?

– Ne croyez pas cela! Il ne les a commis que pour

nous aider, Chris et moi. Son rêve a toujours été que je ne « travaille » plus. Si le coup de la banque avait réussi c'est ce qui se serait passé...

– Vous aussi caressez le même rêve : ne plus « travailler » au sens où vous l'entendez ?

– Oh, moi ! Avec vous, maître, je préfère être franche... A quoi ça sert de tricher devant un avocat qui est forcément un ami puisqu'il est du même côté... Eh bien, à vrai dire, mon métier ne me déplaît pas. Il y en a de pire ! Je n'ai jamais été faite pour croupir en usine ou être vendeuse de magasin. J'ai toujours aimé le luxe.

– Et vous pensez sérieusement que ça vous l'a apporté ?

– Pas encore mais ça peut venir... Je ne désespère pas ! Et puis il faut reconnaître aussi que tout a changé pour moi le jour où j'ai fait la connaissance de Jules.

– Racontez-moi ça...

– Ça s'est passé au Café des Amis, un zinc que je fréquentais et où il est entré un soir, comme ça par hasard...

– Ce fut le coup de foudre ?

– Si l'on veut...

– Mais dites-moi : quand ce miracle s'est produit, vous opériez depuis déjà longtemps ?

– Cinq années. J'ai commencé à dix-huit ans comme si je pressentais que bientôt ça deviendrait l'âge de la majorité légale.

– Vous aviez un autre ami ?

– Pas folle ! Jules a été le premier et je vous garantis qu'il sera le dernier, ceci parce que j'ai senti, dès les premiers instants, qu'il saurait être pour moi non seulement un véritable ami, mais aussi un protecteur au bon sens du mot.

– J'ai l'impression que, depuis ces dernières années, c'est plutôt vous qui l'avez aidé ?

– N'est-ce pas normal ?

– Donc vous m'avez dit qu'il était bon. Quelle autre qualité a-t-il ?

– Il ne ment jamais.

– Voilà qui m'intéresse.
– Même s'il le voulait, il ne le pourrait pas : il ne sait pas mentir !
– Quand il est venu en permission, voici un peu plus d'un mois, il vous a parlé du codétenu qu'on lui avait imposé dans sa cellule ?
– Il n'a presque parlé que de ça ! Il ne pouvait pas le voir... Il m'a dit – à vous, maître, je peux bien le confier !... « Si ça ne tenait qu'à moi et si j'en avais la possibilité, je réglerais définitivement son compte à un mec pareil !... »
– Il a dit ça ?
– Oui, maître ! Mais je savais que même s'il parlait ainsi, il n'en pensait pas un mot : lui, tuer quelqu'un ? Jamais ! Je l'ai gourmandé en lui disant : « Jules, tu n'as pas le droit de dire des choses pareilles ! D'abord ce n'est pas à toi de juger le comportement des autres et puis, même s'il a commis le plus odieux des crimes, il a peut-être pour lui des circonstances atténuantes que nous ignorons tous. »
– Vous avez très bien fait, ma petite Fraisette, de parler ainsi.
C'était la première fois qu'il l'appelait par son prénom.
– Ça ne vous gêne pas que je vous nomme comme le fait Jules ?
– Au contraire, maître, ça me fait plaisir.
– Alors je continuerai ! Une autre question sur son comportement : à l'exception de sa fureur très compréhensible d'être incarcéré avec un Bruno Carvault, quel était son état d'esprit pendant cette permission ?
– Il était fou de joie ! Si vous l'aviez vu, lorsqu'il est descendu du train, soulever Chris sur le quai de la gare et la serrer dans ses bras en l'embrassant ! J'ai cru qu'il allait l'étouffer de baisers !
– Autrement dit, il possède au plus haut degré le sentiment paternel ?
– Je crois même qu'il préfère Chris à moi.
– Il vous aime toutes les deux autant, mais d'une

façon différente... Et l'on comprend mieux qu'un homme, qui a une telle passion pour sa fillette de quatre ans, ne puisse pas supporter auprès de lui la présence permanente de quelqu'un qui n'a pas hésité à tuer un enfant du même âge.

La voix de Fraisette se fit grave :

– Alors, il est vraiment inculpé comme je l'ai lu hier dans le journal ?

– Oui, mais rassurez-vous : malgré les probabilités qui le desservent, il n'y a aucune preuve formelle. Si la présence du cyanure a été effectivement analysée dans la soupe du défunt, aucun emballage ou capsule ayant pu contenir le poison n'a été retrouvé aussi bien sur Bournol que dans sa cellule.

– Et sur le mort ?

– Pourquoi me dites-vous cela ?

– Parce qu'il a très bien pu se suicider !

– Vous aussi, Fraisette, vous y croyez ?

– Depuis le premier jour où j'ai appris sa mort par la radio... Comme ils ont dit qu'il partageait la cellule d'un détenu de droit commun à la centrale de Melun, vous pensez si j'ai tout de suite tendu l'oreille ! Et quand j'ai appris le lendemain par la lecture du Provençal que ce détenu était marseillais et se nommait Jules Bournol, j'ai cru devenir folle ! Ce n'était pas possible qu'il nous arrive encore une chose pareille ! Ah, ça, pour avoir la guigne, mon pauvre Jules l'a ! Déjà, aux courses, quand il ramassait les paris, il ne réussissait pas tellement bien...

– C'est ce qu'il m'a dit. Heureusement que vous étiez là, dans sa vie, pour assurer le complément indispensable... Dites-moi : ça n'a pas l'air de trop mal marcher pour vous de ce côté-là ?

– C'est comme tout en ce moment, il y a des hauts et des bas mais je ne dois pas trop me plaindre par rapport à des copines du métier : je suis peut-être celle qui travaille le mieux dans le quartier où j'opère.

– Celui de « La Belle de Mai ? »

– Comment le savez-vous ?

– N'est-ce pas celui du Café des Amis où vous avez rencontré Bournol ? Et comme on revient souvent sur les lieux de ses premières amours... Mais ce n'est pas à côté d'ici ! Vous êtes même à un autre bout de la ville ?

– Je prends d'abord un bus et ensuite le métro... Oui, maître, nous avons maintenant le métro à Marseille.

– Félicitations ! Et comment ça se passe pour Chris quand vous allez « travailler » ?

– Je la confie à ma voisine, une dame très gentille qui habite le pavillon que vous voyez à droite... Elle est mariée mais n'a malheureusement pas d'enfants alors qu'elle les adore.

– Et vous vous avez la chance d'être mère sans avoir convolé ! La vie est drôlement mal faite... Serait-ce indiscret de vous demander à quelle heure vous « travaillez » de préférence ?

– Je suis très régulière... Il le faut pour la clientèle qui a ses habitudes... Je commence vers 17 heures, à la sortie des bureaux et j'opère jusqu'à une heure du matin : jamais plus tard !

– En somme vous faites des « journées de huit heures » comme tout le monde !

– Quand je rentre la nuit, je reviens presque toujours avec une copine qui travaille dans le même quartier à trois rues de la mienne et qui habite un peu plus loin sur cette même avenue : elle a une voiture.

– Quelle chance ! Dites-moi : ça ne vous tente pas la voiture ?

– Ce sera pour plus tard, quand Jules sera revenu. Il a son permis, lui... Pour le moment je préfère continuer à économiser.

– C'est beaucoup plus sage ! Savez-vous, Fraisette, que vous êtes une petite femme épatante ! Remplie de bon sens et sachant prévoir... La vraie fourmi de ce foyer !

– Oh, mais ce n'est pas tout ! Quand Julot sera revenu et aura trouvé une situation stable, je suis bien décidée à abandonner le métier : ce jour-là on se mariera pour de bon.

– Et qu'est-ce qu'il voudrait faire, ce bon Bournol?

– Peut-être prendre un bistrot : ce serait dans ce commerce qu'il aurait le plus de chance de réussir.

– Il n'aurait pas tendance à boire quand il n'est pas sous les verrous?

– Oh, non! S'il n'était pas sobre, jamais je ne me serais mise en ménage avec lui!

– Mais j'y pense : ça coûte cher, l'achat ou même la gérance d'un bistrot! Il faut une mise de fonds?

– J'ai déjà des économies.

– Et Bournol?

– Le pauvre... Comment voudriez-vous qu'il en ait fait depuis trois ans?

– Cette maison vous appartient?

– Oui... J'ai fini de payer la dernière traite il y a quinze jours : j'avais eu recours à un organisme de crédit... Je reconnais qu'elle n'est pas très belle, mais elle offre l'avantage de ne pas attirer l'attention. C'est surtout l'extérieur qui cloche : quand Jules reviendra, il retapera le tout. C'est fou ce qu'il est habile de ses mains!

– C'est là une grande qualité que, hélas! je n'ai pas! Je ne sais même pas comment on remet un plomb quand j'ai chez moi une panne d'électricité! Comme vous venez de le dire, si l'extérieur laisse un peu à désirer, il n'en est pas de même de l'aménagement intérieur que je trouve des plus réussis... Vous êtes une vraie maîtresse de maison! Et je comprends que Bournol se sente pris de nostalgie, là où il se trouve en ce moment, quand il pense à ce havre de paix si bien arrangé par sa gentille compagne... Mais ne nous attendrissons pas! Il reviendra et peut-être plus tôt que vous ne le pensez.

– Qu'est-ce que vous allez faire pour cela, maître?

– Mais... le défendre tout simplement quand le moment du procès arrivera.

– Ce sera pour bientôt?

– Ne souhaitez pas que ça vienne trop vite ! Il vaut mieux laisser les choses se décanter d'elles-mêmes.

– Vous avez sûrement raison mais c'est quand même épouvantable ! Jules m'a dit, pendant sa permission, qu'il avait toutes les chances de bénéficier de six mois de libération anticipée pour sa bonne conduite : ça l'aurait ramené ici au printemps prochain... Ce qui aurait été merveilleux !

– Malheureusement, entre-temps, il y a eu la mort de ce Bruno Carvault... Ma chère Fraisette, mes obligations professionnelles vont m'obliger à vous demander l'autorisation de prendre congé... Je me permets de vous laisser cette carte sur laquelle vous trouverez, pour le cas où vous en auriez besoin, mon adresse et mon numéro de téléphone à Paris mais je dois vous signaler que je ne pense pas pouvoir être de retour chez moi avant la fin de la semaine. De préférence, appelez-moi par téléphone le matin avant 11 heures et le soir après 18 heures : entre-temps je navigue au palais de justice... Et vous, avez-vous le téléphone ?

– Hélas non !

– Ça ne fait rien. Si j'avais quelque chose d'urgent ou d'important à vous dire, je vous enverrai un télégramme en vous priant de m'appeler chez moi à une heure donnée... Mais comment vais-je faire ici pour avoir un taxi qui me ramènera au centre de Marseille ?

– Rien de plus facile !

Elle ouvrit la fenêtre et cria à la voisine qui apparut presque aussitôt à l'une des siennes :

– Madame Laforgue... Pouvez-vous être gentille d'appeler un taxi pour un ami qui retourne en ville ?

Puis se retournant vers Deliot :

– Elle a le téléphone. Si je vous donnais son numéro ? Ça peut toujours servir...

Dès qu'il l'eut noté il reprit :

– Vous ne pouvez savoir la satisfaction que j'ai eu à faire votre connaissance. Cet excellent Bournol n'a pas exagéré le portrait qu'il m'a fait de vous... Il a même omis – ce qui est impardonnable – de me préciser que vous étiez aussi jolie... Car vous êtes très jolie ! Il en a eu de la chance, ce lascar dans ses malheurs !

Ils étaient déjà dans le jardin où la fillette vint en courant jusqu'à eux, pendant que Victor Deliot continuait en la désignant :

– Quant à ce trésor, il donnerait presque envie à un vieux célibataire indécrottable comme moi de trouver, lui aussi, une jeune femme qui lui ferait un pareil cadeau...

Il voulut prendre dans sa main parcheminée celle, toute potelée et toute menue, de Chris, mais la fillette retira précipitamment sa main qu'elle cacha derrière son dos en le regardant dans une sorte de défi.

– Tu ne veux pas me dire au revoir ? demanda le vieil homme en riant.

Et comme Chris, butée, ne bougeait pas, sa mère lui dit sur un ton qu'elle n'avait pas encore eu depuis le début de l'entretien et qui parut être à l'avocat d'une extrême dureté pour un réflexe d'enfant aussi futile :

– Christiane ! Si tu ne donnes pas immédiatement la main au monsieur, tu seras sévèrement punie !

– Laissez-la, madame. Ce n'est pas grave ! Je suis beaucoup plus vieux qu'elle et il y a une foule de personnes auxquelles je n'ai aucune envie de serrer la main ! Mais voici le taxi...

Et, au moment de franchir la grille :

– Avez-vous un message spécial à faire transmettre à Bournol ?

– Dites-lui simplement que Chris et moi nous continuons à espérer son retour. Au revoir, maître, et encore merci pour cette visite imprévue qui m'a revigorée.

Enfoncé à l'arrière du taxi qui redescendait vers le centre, Victor Deliot était une nouvelle fois songeur. Sa visite n'avait pas été inutile. Elle lui avait appris deux choses : la compagne de Jules Bournol était une jeune femme équilibrée qui donnait l'impression de très bien savoir ce qu'elle voulait. Dans son domaine et son genre de vie, elle devait être parfaitement organisée... Mais comment, diable, une aussi jolie fille et même aussi distinguée – car elle l'était sans contestation possible – avait-elle choisi un pareil métier? Comment aussi avait-elle pu s'acoquiner avec un Jules Bournol jusqu'au point de lui donner un enfant? Il y avait, dans l'association de ce couple, quelque chose de bizarre et d'incompréhensif. Qu'un Jules Bournol fût épris de la jolie Fraisette était possible, mais qu'une Fraisette fût réellement amoureuse du truand, c'était moins certain... Elle aurait pu trouver, sans grande difficulté, beaucoup mieux que lui. Et Chris? Elle ne ressemblait ni à la mère ni au père : ce qui était dommage pour le premier cas et une chance pour le second. Et si cette petite Christiane, alias Chris, n'était pas vraiment leur enfant? Qu'est-ce que ça changerait pour le déroulement du procès de Bournol? Pas grand-chose, après tout...

La seule certitude que Deliot rapportait de la visite était que, si cela se révélait nécessaire, cette Fraisette était suffisamment intelligente pour faire un témoin à décharge... Témoin qui viendrait expliquer à la barre que Jules Bournol ne pouvait pas être un criminel parce qu'il était un trop brave homme et un trop bon père de famille dont le rêve était de mener une existence bien tranquille, entouré des siens et vivant dans un modeste pavillon de la banlieue d'une grande ville. L'ennui était que l'on avait déjà vu et connu beaucoup de ces pères tranquilles devant des cours d'assises où il avait été prouvé le plus souvent qu'ils n'étaient que de sinistres assassins... Et le témoin Fraisette ne pouvant que faire l'éloge de « son » homme serait donc sujet à caution pour un jury. Il fallait absolument trouver d'autres témoins de moralité... Mais qui pourrait répondre de la moralité de celui qui, après avoir vivoté de petits vols, venait d'être deux fois condamné? Pourquoi, puisqu'il était à Marseille, ne pas dire au chauffeur de taxi de le déposer sans tarder dans ce quartier de « La Belle de Mai » où opérait Fraisette et où se trouvait le Café des Amis? De vrais amis, ça peut faire d'excellents témoins à décharge.

Jules Bournol avait eu raison de dire que c'était plutôt un bistrot... Mais quel bistrot ! Pittoresque en diable avec tout ce qu'il fallait – décor et personnages – pour avoir le droit de briller dans un roman de Carco ou de figurer dans un film de Carné. La patronne en particulier ne pouvait être imaginée ailleurs que derrière sa caisse et son zinc : malgré sa corpulence, la grosse Marga se déplaçait de l'une à l'autre avec une agilité surprenante. Elle voyait tout, entendait tout, avait réplique à tout dans un parfum d'ailloli et d'huile. Une intense activité régnait dans l'établissement quand Victor Deliot y pénétra : c'était l'heure où un petit bonhomme – portant une casquette crasseuse et un vêtement à carreaux – et que tout le monde appelait Max, prenait les enjeux pour un combat de boxe qui devait avoir lieu le soir même. Deliot vit tout de suite en lui, la carrure en moins, un digne successeur de Jules Bournol. L'entrée de l'avocat n'était pas passée inaperçue. Comme le Café des Amis ne comptait que des habitués, il n'y avait pas un seul de ces messieurs qui ne se demandait : « Qui peut bien être ce vieux bonhomme au feutre mou ?... Un flic ? Peu probable... Plutôt un prêteur, un usurier, un fourgueur ou même un huissier : de toute façon quelqu'un dans ce genre-là... »

Tout en savourant un café-crème qui n'était pas plus mauvais qu'au Café du Palais, Victor Deliot observait derrière ses grosses lunettes et avec une sorte de ravissement ce petit monde assez spécial qui allait, venait, parlait fort et s'agitait pour pas grand-chose. Un fait curieux frappa son attention : à l'exception de la patronne, il n'y avait pas de femmes dans la salle. C'était vraiment le Café des Amis et pas celui des petites amies. Pourtant, à un moment il y eut une bousculade à l'entrée et un flot d'une douzaine de filles essoufflées s'engouffra en courant dans l'établissement. Un flot qui piaillait :

– Les voilà encore ! Et ils rappliquent de plus en plus tôt depuis qu'il y a ces deux nouveaux qui font du zèle... Fumiers! Ils ne pourraient pas nous laisser tranquilles?

Deliot comprit que « les fumiers » ne pouvaient être que des poulets de la brigade des mœurs. Deux ou trois filles le dévisagèrent d'ailleurs avec méfiance, se demandant sans doute s'il n'appartenait pas, lui aussi, à l'équipe des empêcheurs de « travailler » en paix, mais l'examen dut être satisfaisant puisqu'elles se désintéressèrent de lui : il est vrai que le vieil homme avait une tête rassurante.

Il remarqua aussi qu'aucune des filles ne parlait aux clients de la grosse Marga : c'était comme si elles ne les connaissaient pas. Et cela lui parut d'autant plus curieux que, parmi ces habitués, il y en avait au moins deux ou trois dont la profession de souteneurs au petit pied se lisait en plein sur le visage. Maintenant peut-être existait-il une règle absolue interdisant aux prostituées de parler en public avec leurs protecteurs? Ceci pour éviter des recoupements de la police ou des embrouilles avec les michetons.

L'alerte fut de courte durée. L'une des filles, qui avait entrouvert prudemment la porte vitrée pour voir ce qui se passait au bout de la rue, annonça :

– C'est fini. On peut y aller...

Et toutes de s'envoler dans un bruyant « Au revoir, m'sieurs dame » auquel personne ne parut prêter attention tellement on était habitué, dans la maison, à ces entrées et sorties rappelant des figures de ballet sur fond musical d'accordéon. « La dame » nommée dans l'au revoir ne pouvait être évidemment que la grosse Marga à qui Deliot se décida enfin à dire :

– Je vous apporte à vous et à tous vos amis un grand bonjour de Jules Bournol.

Petite phrase qui tomba dans le café en faisant l'effet d'un couperet de guillotine : les conversations, qui avaient repris encore plus bruyantes après la sortie des filles, s'arrêtèrent net. Il y eut un grand silence prouvant déjà que celui dont le nom venait d'être prononcé était connu dans l'établissement. Tous les visages se tournèrent vers le vieil homme qui continua, imperturbable et sans paraître se soucier le moins du monde du brusque intérêt qu'il suscitait, à l'intention de la patronne :

– Je me permets de me présenter, madame : Victor Deliot, avocat à la cour de Paris...

Joignant le geste à la parole, il remit à la grosse femme éberluée sa carte de visite en ajoutant :

– J'assure la défense de Bournol dans la nouvelle affaire qui le concerne.

Il y eut un nouveau silence, suivi d'un froissement de journal, puis de quelques murmures avant que l'un des habitués, qui tenait un régional du matin à la main, ne s'exclame en désignant à la grosse Marga un article placé en première page :

– C'est exact... Lis... Il y a même votre photo avec votre chapeau... Quand je vous ai vu entrer avec ça sur la tête, je me suis demandé où j'avais déjà bien pu voir un pareil galurin ? Parbleu, c'était dans le journal de ce matin...

– Faites voir cette photo ? demanda Deliot. C'est bien moi en effet mais il y a longtemps... C'est un vieux cliché qu'ils devaient avoir conservé dans leurs archives car je n'ai pas souvenance que l'on m'ait « chipé » au passage depuis que j'ai accepté hier après-midi de défendre votre ami : je n'ai pas vu un seul photographe, aussi bien en sortant de la Santé que de chez le juge d'instruction, ni en longeant les couloirs du palais, ni même en rentrant à mon domicile ! Je suis même étonné que l'un de ces messieurs ait conservé un cliché de moi : il y a belle lurette que je pensais avoir été complètement oublié ! Voyez vous-même : j'étais nettement plus jeune à l'époque de cette photo... Il n'y a que le chapeau qui n'a pas changé : c'est le même.

Un sentiment général de respect admiratif succéda à l'étonnement dans le Café des Amis.

– Maître, glousse la grosse Marga, puis-je vous offrir quelque chose ? Un autre café-crème ? Un petit digestif peut-être ?

– Je prendrai volontiers un armagnac si vous en avez. Il fait beau, mais votre vent me glace.

– C'est le mistral, maître.

– Eh oui, le mistral... Il ferait bien de monter à Paris pour balayer tous ceux qui en veulent à ce pauvre Bournol...

– Vous croyez qu'il s'en tirera? demanda l'un des habitués, un grand maigre au visage osseux qui se présenta : Baptistin Carigou, import-export.

Jugeant plus sage de ne pas poser de questions sur la nature exacte de cet import-export exercé par un habitué du Café des Amis, Deliot répondit :

– Cela dépendra de l'aide que vous, ses amis, pourrez m'apporter...

Le cercle se resserra autour de l'avocat qui, ayant trouvé son auditoire, n'avait plus qu'à faire sa conquête :

– Je sais par Bournol lui-même que ses meilleurs amis sont ici. Il l'a d'ailleurs prouvé en venant vous rendre visite il y a quelques semaines, lorsqu'il a bénéficié de sa permission spéciale. Il m'a même confié que vous l'aviez magnifiquement accueilli.

Plusieurs voix confirmèrent :

– C'était normal... Ce pauvre Jules! On a fait ce qu'on a pu... Depuis le temps qu'il se faisait maronner là-bas, il l'avait bien mérité!

– Justement, messieurs, cette affection ne doit pas se relâcher à un moment où il connaît de nouveaux ennuis.

– Maître, vous croyez que c'est lui qui a fait le coup?

– Même si je le pensais, je ne vous le dirais pas puisque je dois assurer sa défense! Mais rassurez-vous je le tiens pour innocent et je le prouverai devant la cour!

– Bravo! conclut Marga. Alors qu'est-ce qu'on peut faire pour lui aujourd'hui?

– Aujourd'hui? Rien... Mais quand le moment du procès viendra, je suis convaincu que le défilé à la barre, en qualité de témoins à décharge, d'un certain nombre d'entre vous sera des plus utiles.

– Qu'est-ce qu'on dira ?

– Tout ce que vous savez et pensez de bien de lui... Par exemple vous madame Marga – vous voyez même que votre prénom ne m'est pas étranger grâce à Bournol – qui le connaissez depuis longtemps, quelle impression vous a-t-il fait et vous fait-il encore ?

– Celle d'être un très brave homme.

– Ça fait combien d'années qu'il vient ici ?

– Au moins quinze...

– Et pendant ces quinze ans, il n'y a jamais eu d'anicroche avec lui ?

– Jamais ! Il faisait son petit travail en se montrant régulier.

– Les paris sur les courses, le football ?

– Un peu sur tout ! On est très joueurs dans notre Midi.

– Et Fraisette ? Qu'est-ce que vous pensez d'elle ?

– Dans son boulot c'est une fille sérieuse.

– A votre avis, aime-t-elle vraiment Bournol ?

– Ça, mon cher maître, vous m'en demandez trop ! Allez donc savoir ces choses-là avec les femmes... Tout ce que j'ai vu, quand elle venait le chercher ici après son travail – ce qui n'était pas si fréquent ! – était qu'elle semblait être très heureuse avec lui... Mais, évidemment, depuis que la petite est née et surtout depuis qu'il a eu ses gros ennuis, on l'a moins vue ici... Que voudriez-vous qu'elle vienne y faire ? Je ne veux pas qu'on racole chez moi : ça crée trop d'embêtements ! Je sais qu'elle manœuvre dans les rues avoisinantes mais ça ne me concerne pas ! A chacun ses méthodes...

– Estimez-vous que Bournol pouvait gagner correctement sa vie avec les gains de ses prises de paris ?

– Tant qu'il n'a pas été en ménage avec la Fraisette, oui... Mais après cela a dû être plus dur ! La gosse est arrivée... Sa Chris, comme il disait... Alors celle-là, je peux vous jurer qu'il en est dingue ! La dernière fois où on l'a vu, pendant sa permission de faveur, il n'a parlé que d'elle en disant : « Quand je serai sorti de tout cela, finies les imbécillités ! Il faudra d'abord que je pense à

Chris... Je ne veux pas qu'on vienne lui dire plus tard que son père n'était qu'un bon à rien. »

– Je m'imagine très bien, chère madame, Jules Bournol disant cela : c'est tout à fait lui ! Et s'il arrivait que – vous ayant fait citer comme témoin à décharge – vous soyez contrainte en votre âme et conscience, et après avoir juré de dire la vérité, toute la vérité, rien que la vérité, de répondre à cette question : « Estimez-vous que Jules Bournol soit capable de commettre un crime ? », que diriez-vous ?

Suffoquée, la grosse femme prit à témoin tout l'auditoire avant de répondre :

– En voilà une question ! Il n'y a jamais eu et il n'y aura jamais d'assassin au Café des Amis ! J'ai la prétention de diriger un établissement honorable ! Et ce pauvre Jules un criminel ? Non, mais vous entendez ça, vous autres ?

Ce fut un éclat de rire général qui lui donna le courage de continuer :

– Mais, maître, il est incapable de faire du mal à une mouche ! Ce n'est pas d'ailleurs qu'il soit plus trouillard qu'un autre, mais il est bon ! Jules, c'est du gâteau ! A chaque fois qu'il voyait un copain dans le pétrin, il fondait et il essayait de l'aider. Pas vrai, les autres ?

L'approbation fut générale : à les entendre vanter ses mérites, c'était à se demander si l'absent n'allait pas avoir bientôt toutes les qualités d'un saint... Victor Deliot s'entêta quand même, allant d'habitué en habitué, posant toujours la même question :

– Et vous ? Qu'est-ce que vous pensez de Jules Bournol ?

Les réponses arrivaient toutes identiques, vantant les mérites de Jules : c'était un concert de louanges. Le père de Chris ne manquait pas de supporters au Café des Amis... Mais une sérieuse difficulté se présenterait peut-être si l'on faisait appel au concours de tout ce beau monde pour y trouver des témoins de moralité. Ces amis étaient certes très sympathiques, mais lequel d'entre eux avait un casier judiciaire vierge ? La grosse Marga peut-être ? Et encore ce n'était pas sûr...

– Une petite question, madame... Quand mon client est venu vous rendre visite il y a un peu plus d'un mois, vous a-t-il raconté qu'on venait de lui imposer la présence d'un Bruno Carvault dans sa cellule ?

– Et comment ! La seule idée de devoir retrouver ce monstre quarante-huit heures plus tard le rendait fou... Mettez-vous à sa place ! On a beau ne pas être un ange, il y a des promiscuités qu'on ne peut pas supporter ! Vivre avec l'assassin d'un enfant de quatre ans quand on a soi-même une petite fille du même âge qu'on adore... On n'avait pas le droit de faire ça à Jules ! Il ne l'avait pas mérité.

– Je sais bien...

– Maître, dit d'une voix aigre le petit Max en se glissant à son tour dans la conversation, puis-je me permettre de vous donner mon opinion sur cette affaire ?

– Son opinion ! rugit le chœur des autres. Comme si tu pouvais en avoir une ! Et d'abord tu n'étais pas là-bas quand ça s'est passé ! Tu ferais mieux de t'occuper de tes paris !

– Je vous en prie, messieurs, dit Deliot conciliant. Laissez parler votre ami. Quand il s'agit de défendre un inculpé pour lui éviter le pire, toute opinion, du moment qu'elle est sensée, peut être précieuse. Je vous écoute, monsieur... ?

– Mon vrai nom, c'est Maximin, mais on m'a toujours appelé Max... Voilà, maître... J'avais lu avec beaucoup d'attention ce qui avait été dit et écrit, il y a dix ans, sur le crime de Bruno Carvault et je viens de relire toute l'histoire ces derniers jours : une fois encore les journaux, la radio et la TV ne parlent que de ça ! On ne peut pas y échapper... Eh bien ! ma conviction c'est que, le temps passant, l'assassin du mioche a fini par ne plus avoir envie de vivre et qu'il a mis lui-même fin à ses jours. Quelle perspective d'existence avait-il devant lui, condamné comme il l'était à la détention perpétuelle ?

– Ça c'était peut-être moins sûr : votre ami Jules m'a dit lui-même que, quelques jours avant la mort de Carvault, le bruit courait dans la prison qu'il serait prochainement libéré... Et, de toute façon, ne vous faites aucune illusion : un jour ou l'autre, et plus tôt qu'on aurait pu le penser, il serait sorti de prison comme Bournol, ne serait-ce que pour sa bonne conduite.

– Justement pour Jules, demanda le gros César, un autre des amis, cette nouvelle affaire qui lui tombe sur le dos va retarder la libération anticipée qu'il m'avait dit, au cours de sa permission, être sûr d'obtenir ?

– Je le crains... Pas question de le libérer avant que ne passe son nouveau procès ! Et quand il s'agit de cour d'assises, les choses vont lentement : la cour d'assises ne siège pas en permanence comme un tribunal de simple police ou la correctionnelle.

– Il n'a vraiment pas de veine, ce pauvre Julot !

– Cher monsieur, dit Deliot en s'adressant au petit Max, vous avez été interrompu dans l'exposé de votre raisonnement que je trouvais intéressant. Continuez, je vous prie...

Le petit Max se rengorgea et adressa à l'auditoire du Café des Amis un regard circulaire qui voulait dire : « Vous voyez que je ne suis pas aussi demeuré que vous semblez le dire ! La preuve c'est que le grand avocat, qui nous vient cependant de Paris, m'écoute... » Et il reprit :

– Maître, même en admettant, comme vous le dites, que Carvault ne soit pas resté toute sa vie incarcéré, qu'aurait-il pu faire en sortant de prison ?

– Ça, mon bon ami, on a connu d'innombrables criminels libérés qui ont su se recycler dans la société et dont on n'a plus jamais entendu parler. Certains ont même obtenu de changer de nom.

– Et le remords, qu'est-ce que vous en faites ? Vous ne croyez pas que ça pèse lourd sur le restant de vie d'un assassin ?

– Le tout est de savoir si Bruno Carvault était un homme à avoir des remords... Ce qui n'est pas certain. Il a fait une très mauvaise impression à Bournol et vous tous, qui le connaissez bien et qui venez de me dire que votre ami avait un cœur d'or, n'allez pas me dire qu'un homme pareil, plutôt enclin à voir le bon côté des choses et des gens, aurait pu porter un pareil jugement sur un codétenu s'il n'avait pas ressenti la conviction intense que celui-ci était un homme foncièrement mauvais.

Personne ne répondit. Deliot continua :

– Réserves qui n'excluent pas l'hypothèse, avancée par votre ami Max et que l'on ne peut pas ne pas envisager, du suicide. Si nous parvenons à la transformer en certitude, ce sera l'acquittement pur et simple pour Bournol suivi de sa libération immédiate. C'est d'ailleurs pourquoi il est indispensable pour moi de faire défiler à la barre le plus possible de témoins qui auront connu Jules Bournol avant qu'il ne soit sous les verrous et qui viendront dire, non seulement tout le bien qu'ils pensent de lui, mais surtout qu'il est incapable de commettre un crime... Il se fait tard : je vais être obligé de repartir mais, avant cela, serait-ce trop vous demander, à vous qui êtes des amis sincères de mon client, de vouloir bien inscrire sur une feuille de papier, que saura certainement nous trouver l'aimable patronne, vos noms, prénoms véritables et pseudonymes si cela vous fait plaisir, professions et adresses respectives. Je conserverai le tout précieusement pour le cas où j'aurais besoin, au moment du procès, de faire témoigner l'un ou l'autre d'entre vous ou même vous tous... Bien entendu, vous avez ma parole d'avocat et de défenseur de Jules Bournol que cette liste restera strictement confidentielle entre vous et moi et qu'elle n'est nullement destinée à favoriser une quelconque opération de basse police... J'ai d'ailleurs la conviction, messieurs, qu'il n'y en a pas un parmi vous qui n'ait un casier judiciaire limpide. Si, cependant, un malencontreux hasard voulait qu'il n'en soit pas ainsi pour l'un de vous, il serait préférable qu'il ne s'inscrive pas sur cette liste. Il est en effet assez malaisé de faire passer comme témoin de moralité devant une cour d'assises quelqu'un qui a quelques peccadilles ou condamnations à se reprocher, surtout quand celles-ci sont mentionnées sur son casier judiciaire.

La grosse Marga présenta la feuille arrachée d'un petit cahier, enfoui dans son tiroir-caisse et qui devait peut-être servir à établir une comptabilité ultra-rapide en cas de contrôle de la « brigade des vins et spiritueux », en demandant :

– Qui s'inscrit le premier ?

Mais, comme il y eut un grand silence, Deliot dissipa la gêne en répondant à la place des intéressés :

– Vous, madame ! Etant la maîtresse de maison, il paraît juste que l'on vous réserve cet honneur. Et je suis convaincu que votre témoignage, si je devais y avoir recours, serait d'un grand poids devant la cour. Ne m'avez-vous pas dit connaître mon client depuis plus de quinze années ? Une amitié aussi durable est un test d'estime à son égard.

La grosse Marga écrivit sans la moindre hésitation tout ce qu'avait demandé l'avocat avant de tendre la feuille au petit Max qui en fit autant. Ceci avait été fait comme un cérémonial, dans le silence le plus absolu... Silence qui devint presque gênant quand le troisième personnage, le gros César, qui hérita de la feuille la transmit aussitôt et sans y avoir inscrit son nom à un quatrième habitué qui s'en dessaisit pour la remettte à un cinquième et ainsi de suite. Le tour des « amis » de Jules Bournol fut vite fait et la feuille revint à Victor Delot en ne portant que deux noms, ceux de la patronne et du petit Max.

– Qu'est-ce qui se passe ? demanda Deliot avec bonhomie.

– Il se passe, maître, répondit le gros César, que les copains sont comme moi : on n'est pas blancs-blancs... Si on fouille dans nos « casiers », on trouvera toujours quelque chose, même si ce n'est pas tellement grave... Oh ! Rassurez-vous : il n'y a pas d'assassins parmi nous ! Aucun de nous n'a été jusque-là, mais les peines de prison comme celles de Jules, on y a pratiquement tous tâté pendant plus ou moins de temps. Alors on pense sérieusement, après ce que vous nous avez fait comprendre, que ce ne serait peut-être pas très indiqué qu'on se présente comme témoin à décharge ! Ça risquerait de se retourner contre votre client et, comme on l'aime bien, on ne veut pas lui faire de tort.

– Voilà un sentiment qui est tout à votre honneur ! dit Deliot en enfouissant la feuille dans une poche intérieure de son manteau. Et permettez-moi, en remerciement d'une pareille franchise, de vous offrir avant de vous quitter une tournée générale que nous pourrions appeler, « la tournée de Jules ». Je suis sûr que s'il était là, il en ferait autant... Etant son défenseur, je m'estime être son représentant : il m'a délégué ses pouvoirs par procuration.

Les verres de pastis se levèrent à la santé de Jules et de son retour qui ne pourrait être que triomphal.

Quand il se retrouva dehors, où la nuit de novembre commençait à envelopper de sa grisaille le vieux quartier de « La Belle de Mai » et tout ce qui déambulait dans ses rues dont les lampadaires venaient de s'allumer, Victor Deliot eut un geste instinctif : il palpa la poche de son manteau où se trouvait la feuille de papier presque blanche. Et il eut un petit sourire : bien sûr, il ne s'y trouvait que deux noms, deux adresses et deux professions alors qu'il y avait, dégustant le pastis final, douze personnes devant le zinc du Café des Amis. Deux sur douze, c'était peu mais ce n'était déjà pas si mal ! Deux amis de Bournol qui pourraient, le cas échéant, servir de témoins parce qu'ils n'avaient rien à redouter des archives judiciaires.

Profession indiquée par la grosse Marga elle-même ? *Propriétaire du Café des Amis...* Etre propriétaire d'un bar plus ou moins mal famé n'était pas une très grande référence mais c'était quand même mieux que rien et il existe des patrons ou patronnes de ce genre d'établissements qui sont de très braves gens. La profession, mentionnée par le petit Max, ne valait guère mieux : *Conseiller financier...* Conseiller pour les gains et pertes réalisés sur les hippodromes, dans des matches de rugby ou des combats de boxe? Un bilan confirmait l'impression que lui avaient laissée ses deux conversations avec son client : si Jules Bournol ne se posait pas en saint, ses meilleurs amis étaient, dans leur grande majorité, loin d'être des anges... Dis-moi qui tu fréquentes et je te dirai qui tu es! Ce qui prêtait, une fois de plus, à réflexion.

A un autre bout de la ville, Deliot avait une troisième alliée : Fraisette, assistée de la petite Chris qui, en fin de compte, se révélerait peut-être comme étant le meilleur levier pour faire sauter au dernier moment les hésitations normales d'un jury sur la culpabilité possible d'un Bournol.

Fraisette? Au moment où l'avocat, venant enfin de trouver un taxi, allait s'éloigner du quartier cher à son client, un feu rouge contraignit la voiture à stopper pendant quelques instants... Instants miraculeux qui permirent au vieil homme d'avoir une vision imprévue. Eclairée par la lumière encore indécise d'un réverbère dans la demi-obscurité et adossée contre un mur, presque à l'angle des deux rues et à proximité d'une porte étroite au-dessus de laquelle une enseigne, assez peu lumineuse elle aussi, portait les cinq lettres du mot Hôtel, une silhouette attendait... Silhouette que Victor Deliot ne pouvait avoir déjà oubliée : celle de Fraisette... Mais une Fraisette très différente de celle qui l'avait accueilli quelques heures plus tôt, en plein soleil, derrière la grille du jardinet de banlieue. La taille élancée demeurait la même mais ce qui avait complètement changé étaient l'attitude, l'habillement et le visage.

L'attitude? Celle qu'il observait maintenant du fond de son taxi, et qui donnait la très nette impression de ne pas s'intéresser aux gens qui passaient en voiture, n'était plus la charmante bourgeoise apparue sur le perron du pavillon lorsqu'il avait sonné et dont le visage s'était éclairé d'un large sourire quand il avait décliné son identité. C'était plutôt une femme qui s'offrait, nonchalante et résignée, prête à tout...

L'habillement? Il n'était plus question de tailleur dont la sobriété s'alliait à l'élégance. Ces atours avaient été remplacés par d'autres : de grandes bottes noires et vernies dont les talons largement compensés rehaussaient intentionnellement la silhouette pour donner l'illusion que la femme était très grande, une jupe courte s'arrêtant le plus haut qu'elle le pouvait pour permettre d'exhiber avec complaisance les genoux et surtout le bas des cuisses, le buste enfin moulé dans un pull-over en jersey noir dont le col roulé entourant le cou était encerclé par l'un de ces colliers tapageurs faits de mille bimbeloteries qui attirent l'attention parce qu'ils brillent trop et qu'ils s'épanouissent en tombant sur des seins dont l'agressivité et les formes étaient mises en relief par le pull-over collé à la peau.

Le visage? Autant celui de la fin de matinée s'était révélé maquillé avec discrétion, autant celui de ce commencement de soirée était fardé à outrance. Le cercle écarlate du rouge à lèvres s'était agrandi démesurément pour accroître l'apparence de sensualité. Le nez avait perdu l'agressivité un peu insolente qui faisait son charme : il disparaissait presque entre les cercles noirs du rimmel dégoulinant des cils et destiné à faire croire que les yeux, comme la bouche, étaient immenses. Il y avait enfin les cheveux : leur blondeur naturelle avait disparu, cachée sous une perruque rousse ridiculement bouclée.

Ce n'était plus la vraie Fraisette mais une caricature de Fraisette adaptée au décor dans lequel la prostituée opérait et qui n'aurait déparé aucun quartier chaud de n'importe quelle grande ville. Quand le taxi repartit, l'avocat était atterré de ne pas s'être tellement trompé en quittant le pavillon : il y avait bien deux Fraisette, celle qui gourmandait Chris pour qu'elle soit une petite fille bien élevée et celle qui continuait à tapiner pour rapporter la monnaie dont elle – et peut-être surtout Jules, le bon Jules – avait le plus grand besoin pour conserver son moral dans les villégiatures qui lui étaient imposées. D'ailleurs Fraisette l'avait bien dit :

elle se mettait « au travail » à la tombée de la nuit quand la voisine avait pris l'enfant en garde. Quelle curieuse existence! La plus étrange n'était-il pas, lorsqu'elle la lui avait racontée le plus simplement du monde, qu'elle ait paru persuadée de mener une vie normale.

Deliot n'était-il pas en droit de se demander s'il pouvait accorder la moindre crédibilité aux protestations de semi-honnêteté de son client ainsi qu'à la sensibilité de celle qui était son véritable gagne-pain? Les dires d'un souteneur et de sa protégée valaient-ils mieux que ceux d'un assassin? L'affaire se révélait de plus en plus délicate. Victor Deliot n'avait-il pas commis une regrettable erreur en acceptant d'assurer la défense?

Le lendemain matin, après une nuit inconfortable passée en chemin de fer, il se retrouva au petit jour dans une autre ville beaucoup moins importante : l'une de ces agglomérations qui sont dites de moyenne importance, et qui ne se trouvait plus dans le Sud-Est mais dans le Sud-Ouest... Moindre importance? C'était pourtant là, dans cette agglomération de quarante mille habitants, que Bruno Carvault avait commis son crime. Ville calme au demeurant, située au cœur d'une région agricole, riche et paisible d'apparence et ne possédant certainement pas de quartier aussi pittoresque que celui de « La Belle de Mai ».

Comme à Marseille la température était douce, mais il pleuvait... L'une de ces petites pluies fines et interminables qui finissent par vous transpercer. Le premier souci de Victor Deliot fut de se réfugier dans un hôtel d'apparence modeste, placé sur la place de la gare et qui portait le nom banal de Grand Hôtel Terminus. Son deuxième soin fut de se faire servir un petit déjeuner agrémenté d'œufs au jambon, plat dont il raffolait, dans la chambre modeste mais correcte qu'il avait pu trouver.

Il se souvenait d'être venu dans cette même ville une

vingtaine d'années plus tôt pour y assurer la défense en correctionnelle d'un Parisien poursuivi pour un délit de fuite, après un accident de voiture où il n'y avait heureusement eu que des dégâts matériels. L'avocat qui représentait la compagnie d'assurances adverse était inscrit au barreau local et Victor Deliot avait également souvenance d'avoir eu alors affaire à un confrère d'une extrême courtoisie : ce qui n'est pas toujours le cas à l'égard d'un avocat parisien se déplaçant pour venir plaider en province. Ce confrère, sensiblement plus jeune que lui, se nommait Pierre Gaudin : nom que le défenseur de Jules Bournol aurait certainement oublié s'il n'avait pas brusquement surgi quelques jours plus tôt dans sa mémoire quand il avait relu dans les journaux la relation du retentissant procès de Bruno Carvault. On y citait plusieurs fois le nom de l'avocat général Gaudin qui, ayant requis avec sévérité pour le ministère public contre l'assassin du petit Serge, avait demandé la peine de mort qu'il n'avait finalement pas obtenue. Ce Gaudin pourrait bien être le jeune avocat face auquel Deliot avait plaidé et – ce qui était loin d'être un cas rare – avait abandonné le barreau pour faire carrière dans la magistrature. L'annuaire téléphonique de la ville pouvait peut-être apporter la réponse. Après l'avoir consulté, Victor Deliot n'eut plus aucun doute :

– Allô ! Je suis bien chez M. l'avocat général Pierre Gaudin ?

– Lui-même.

– Ici maître Victor Deliot, du barreau de Paris... Peut-être vous souvenez-vous, monsieur l'avocat général, que nous avons été adversaires dans une affaire de dommages et intérêts dus pour un accident d'automobile et plaidée ici même il y a déjà une bonne vingtaine d'années... J'étais venu spécialement de la capitale pour défendre mon client qui était parisien...

– Mon cher confrère, je me souviens parfaitement... Sans être très grave, la cause que vous défendiez n'était pas fameuse !

— A qui le dites-vous ! Un délit de fuite en pareil cas n'est jamais très bien vu par un tribunal...

— Qu'est-ce qui nous vaut de vous avoir une nouvelle fois dans nos murs ?

— Une affaire assez spéciale qui ne concerne pas directement votre ville, mais qui ne se serait certainement pas présentée s'il n'y avait pas eu, voici dix ans, le procès de Bruno Carvault contre qui je crois me souvenir que vous aviez requis la peine de mort ?

Il y eut un temps très marqué dans la conversation téléphonique avant que l'avocat général ne réponde :

— C'est exact...

— Et vous n'êtes pas sans avoir appris, au cours de ces derniers jours, que Bruno Carvault avait été foudroyé par un empoisonnement au cyanure dans la cellule qu'il occupait depuis deux mois à la centrale de Melun ?

— Je l'ai lu en effet dans les journaux...

— Ni qu'il partageait cette cellule avec un codétenu, un certain Jules Bournol qui, depuis quarante-huit heures, a été inculpé d'homicide volontaire sur la personne de Carvault ?

— J'ai lu cela également hier matin.

— Et il se trouve, mon cher confrère, que je suis le défenseur de ce Bournol... C'est pourquoi j'ai pris la décision de me rendre le plus tôt possible dans votre ville pour essayer d'y rencontrer, si c'est possible, quelques-unes des personnes qui, ayant connu ou ayant été en contact avec la victime, Bruno Carvault, pourraient mieux m'éclairer sur sa véritable personnalité qui m'a paru avoir été tellement complexe que mon client, qui n'est lui-même qu'un condamné de droit commun d'assez piètre envergure, n'a pas été capable de la déceler vraiment. Ce qui me gêne beaucoup pour m'expliquer le véritable mobile du crime, si crime il y a : ce dont je doute ! Et, me souvenant des excellentes relations professionnelles que nous avons eues il y a déjà bien longtemps, je me suis permis de vous téléphoner en premier avant d'aller rendre visite à d'autres personnes de la ville. Une conversation avec vous me paraît indispensable... Serait-ce trop vous demander d'avoir l'obligeance de me recevoir sans tarder ? Vous devez vous douter que mon temps est compté !

— Vous avez mon adresse dans l'annuaire. Sautez dans un taxi et venez me voir immédiatement. Si je vous fais une offre aussi rapide, c'est parce qu'il me sera impossible, étant retenu au palais pour une affaire délicate, de vous rencontrer cet après-midi et demain je pars en vacances.

— A une pareille époque ?

— Je suis un passionné de chasse... Je suis invité pour un safari au Kenya et, pour rien au monde, je ne voudrais le manquer ! Pendant quinze jours je ne penserai plus au palais.

— Et vous aurez mille fois raison ! Merci pour votre extrême amabilité. Je serai chez vous dans dix minutes au plus tard. A tout de suite.

Il ne fallut même pas les dix minutes pour que Victor Deliot et l'avocat général Gaudin fussent face à face dans un cabinet de travail relativement confortable au domicile de ce dernier. Après lui avoir raconté les circonstances de la mort de Bruno Carvault et les raisons strictement humaines qui l'avaient amené à accepter d'assurer la défense de Jules Bournol, Deliot continua :

— Je pense, et vous serez sans doute de mon avis, qu'il ne doit pas être trop ardu d'éviter le pire à mon client mais je n'y parviendrai vraiment que si je connais mieux le disparu. Est-ce donc trop demander, à vous qui avez requis contre lui au moment de son procès, de me dire à titre confidentiel — et avec mon engagement formel de confrère de ne pas faire état de votre opinion ni dans la préparation de mon dossier ni surtout au moment des débats — ce que, en votre âme et conscience vous pensez de ce Bruno Carvault ?

La question était directe et précise. La réponse le fut aussi.

– Après dix années et malgré la mort tragique de Carvault, je n'ai pas changé d'opinion sur son compte. Si j'ai demandé à l'époque la peine de mort, que d'ailleurs je n'ai pas obtenue, c'est parce que j'ai estimé en mon âme et conscience qu'elle était amplement méritée. Je n'ai jamais connu dans ma carrière d'avocat général, pendant laquelle j'ai cependant eu à étudier de nombreux cas de criminalité, de crime plus odieux. Tuer un enfant que l'on connaît et qui a donc une entière confiance en vous, ceci uniquement pour toucher une rançon et avant même que celle-ci n'ait été payée en faisant croire à la mère de l'innocent que celui-ci est encore vivant, dépasse toutes les limites de la monstruosité. A mon avis le jury qui ne m'a pas suivi dans mes conclusions portera toujours, dans l'histoire du crime, une lourde responsabilité. Voilà, mon cher confrère, mon opinion franche sur l'affaire... Vous dire maintenant quel homme était Bruno Carvault ? Malheureusement, et je pèse mes mots, un garçon remarquablement intelligent et cultivé qui avait fait de bonnes études et pas du tout fou. S'il s'était agi d'un déséquilibré – les nombreux tests et examens psychiatriques auxquels il a été soumis ont prouvé qu'il ne l'était absolument pas – il aurait pu bénéficier de circonstances atténuantes que j'aurais été le premier à accepter. C'est là le point le plus grave à son encontre.

– Comment s'est-il comporté au cours du procès ?

– Très intelligemment : il a joué les jeunes hommes timides qui ont l'air tout étonnés de ce qui leur arrive et semblent presque se demander pourquoi ils se trouvent dans un box devant une cour d'assises. Ce que j'ai bien remarqué, ne l'ayant pas quitté du regard pendant l'énoncé du verdict, a été la lueur de satisfaction, je n'oserais pas dire de triomphe, qui a filtré dans son regard. C'était comme une sorte de défi silencieux à la salle déchaînée qui hurlait son indignation contre le verdict qui le faisait échapper à la peine capitale. Sa fin, certes, a été tragique mais je me demande si la société le regrette vraiment ou si elle ne pense pas plutôt que justice est faite. Tel que je crois vous connaître, maître Deliot, j'ai l'impression que ce sera sur des arguments de cet ordre que s'appuiera votre plaidoirie pour défendre votre client.

– Ma plaidoirie ? Vous me connaissez mal, monsieur l'avocat général ! Les deux seules fois de ma carrière où il m'est arrivé de plaider aux assises, je ne savais pas trop ce que j'allais dire avant de commencer... Bien sûr, j'avais établi mes plans en fonction de quelques idées bien arrêtées mais, les deux fois, le déroulement même des procès m'a contraint à modifier radicalement ces plans. La première, j'ai dû jouer contre mon client qui m'avait menti pour obtenir son acquittement, et la seconde j'ai été contraint de demander le huis clos pour l'audition d'un témoin de la dernière heure dont la déposition a tout remis en question. Ce qui signifie qu'aux assises une condamnation ou un acquittement tiennent parfois à peu de chose... C'est d'ailleurs là le mystère le plus angoissant de notre profession ! Sans vouloir abuser de votre temps, puis-je me permettre de vous poser une autre question ?

– Je vous en prie...

– Vous venez de me rappeler un fait dont j'avais pris connaissance en son temps par les journaux : au moment de l'énoncé du verdict de clémence, l'assistance présente au procès a hurlé d'indignation. Que s'est-il passé ensuite dans la ville ?

– Ce fut pire ! Pendant les semaines et même les mois qui suivirent le jugement, une vague de haine continua à déferler à l'encontre de Bruno Carvault. Je suis certain que si la population avait pu le cerner à l'issue du procès, elle l'aurait lynché sans la moindre pitié. Heureusement le fourgon cellulaire était solide et bien entouré par la gendarmerie. Il y eut quand même un commencement d'émeute : il fallut faire circuler pendant quelques jours en ville des patrouilles de C.r.s. pour calmer une agitation latente. Aujourd'hui encore je me demande si, après dix années, l'esprit de vengeance est totalement apaisé ? Il est certain que l'annonce récente de la mort violente de l'assassin a été accueillie ici et dans toute la région comme une bénédiction du Ciel! Carvault a enfin expié comme cela aurait dû se produire aussitôt après son procès et ils doivent être rares ceux qui ne sont pas convaincus que le prisonnier, pris de remords, s'est fait justice lui-même. Pour eux c'est une sorte d'apaisement de leur soif de vengeance : maintenant on ne parlera plus de lui dans la ville sauf, évidemment, au moment où sortira le procès de Jules Bournol... C'est pourquoi je trouve un tel procès assez regrettable.

— C'est également mon avis, mais comment pourrait-on arrêter son déroulement maintenant que l'inculpation de mon client est formelle? Par une volte-face du juge d'instruction se traduisant par un non-lieu? Cela ne me paraît guère possible depuis que j'ai pris connaissance des conclusions de l'inculpation.

— Tout vaudrait mieux que ce procès qui va ranimer bien inutilement des passions... Bruno Carvault est mort? Eh bien, mon Dieu, ce n'est pas une grande perte! Nous pouvons même dire, de vous à moi, qu'une telle solution serait plutôt un bon débarras pour la société qui était certaine de le récupérer le jour où il serait libéré pour bonne conduite. Rien ne prouve qu'il n'aurait pas recommencé à tuer pour se procurer de l'argent.

— Comme j'aimerais, monsieur l'avocat général, avoir en face de moi au ministère public le jour du procès un homme sachant avoir la même optique des choses!

Gaudin préféra répondre indirectement :

— Ce qui vous rendrait peut-être service pour votre défense serait sans doute de savoir ce que sont devenus ceux que nous pourrions appeler les protagonistes du procès Carvault... Ne parlons ni de l'accusé qui n'est plus de ce monde, ni de moi que vous avez devant vous et qui suis toujours resté en place à mon poste, continuant à exercer mon rôle de défenseur de la loi. Parlons plutôt des autres... Le président Buigne, qui eut la lourde tâche de mener les débats a demandé – c'est lui-même qui me l'a confié – à faire valoir ses droits à une retraite anticipée qui a été agréée. Il a quitté la ville et s'est retiré je ne sais où... Sa décision a été sage car il ne pouvait plus passer dans une rue sans que ses meilleurs amis ne lui battent froid et même sans que des gamins ne l'insultent en le traitant de vendu ou de pourri ! Mais oui, mon cher maître, ce fut ainsi... La vindicte populaire, qui est le plus souvent aveugle mais qui a parfois raison, ne pouvait admettre qu'il ait été le président d'une cour d'assises qui n'avait pas condamné à la peine de mort un Carvault ! Il en a été de même pour ses deux assesseurs qui ont obtenu une mutation rapide sous d'autres cieux de France. Je crois bien qu'il y en a un qui est parti pour l'île de la Réunion : il a sans doute pensé que, la distance aidant, la vague d'indignation ne pourrait plus l'atteindre.

– En somme vous restez le seul dans cette ville ?

– Le seul...

– Faisant presque figure de héros et certainement bien considéré puisque vous avez réclamé la tête de Carvault ?

– N'exagérons rien. Disons que mes concitoyens continuent à me saluer avec une certaine déférence...

– Et les jurés ?

– Sur les neuf, trois sont morts au cours de la première année qui a suivi le procès et ceci dans des conditions assez troublantes... Morts violentes qui pourraient laisser à penser qu'elles ont été voulues et savamment préparées par une ou plusieurs mains criminelles. Je vous ai dit qu'une écrasante majorité d'habitants de la ville et de la région n'avait pas admis le verdict : comme les membres de la cour, à mon exception près, les jurés – que l'on connaissait très bien en ville et dont les professions étaient très diverses – furent immédiatement pris en grippe et pratiquement mis en quarantaine par la population. Malgré les trois morts étranges il n'y eut pas d'enquêtes : qui suspecter ? Il aurait fallu s'en prendre à toute la ville et, craignant des représailles presque certaines, les familles des défunts jugèrent plus sage de ne pas bouger. Ce tiers de jurés disparu, il en reste six. Parmi eux quatre, apeurés par les brutales disparitions des trois autres, quittèrent la ville rapidement. On ne les a jamais revus. Aujourd'hui il n'en reste que deux ici. Et, ce qui est assez curieux, ce sont les deux membres du jury qui ont voté pour l'application de la peine de mort à Bruno Carvault. Les sept autres avaient opté pour la détention à vie.

— Monsieur l'avocat général, sans vouloir mettre le moins du monde en doute ce que vous m'affirmez, je prends la liberté de vous demander comment vous avez pu être mis au courant des votes des uns et des autres dans ce procès ?

— Ce ne sera pas à vous, mon cher maître, que j'apprendrai que dans tout procès où il a requis, le représentant du ministère public peut toujours connaître en fin de compte les raisons pour lesquelles ses conclusions n'ont pas eu l'entière approbation du jury. Mais, bien entendu, il n'a nul droit d'en faire état par la suite aussi bien vis-à-vis de la presse que de l'opinion publique et surtout d'une remise en cause du procès devant une autre juridiction si celui-ci était cassé pour vice de forme ou de procédure par décision de la cour de cassation. C'est pourquoi je n'estime pas outrepasser mes droits en vous confiant, une fois encore à titre strictement confidentiel et en pensant que ce renseignement pourra peut-être vous être utile, que les deux jurés qui n'ont connu aucun ennui ni enduré aucune vexation de la part de leurs concitoyens sont ceux qui ont suivi mes conclusions... Je connaissais d'ailleurs ces deux personnes de longue date : l'une d'elles est une femme qui n'habite pas loin d'ici et l'autre un commerçant chez lequel je m'approvisionne une fois par semaine... Un homme et une femme parfaitement honorables pour lesquels tout le monde a de l'estime. Et, si vous voulez une précision supplémentaire, sachez que je n'ai pas un tel mérite à savoir comment l'un et l'autre ont voté ! Chacun d'eux a tenu à m'expliquer, quand je les ai rencontrés séparément quelques jours après le procès, pourquoi ils avaient abondé dans le sens de mes conclusions. Je leur ai d'ailleurs répondu alors à l'un et à l'autre qu'un juré était toujours libre d'agir en son âme et conscience et qu'ils n'avaient aucune raison de se justifier de leur vote aussi bien à mon égard qu'à celui de la population. Je leur ai même conseillé de se taire vis-à-vis de tiers et de ne plus parler de l'affaire, tout en ayant la conviction intime qu'ils ne le feraient pas ! Je les sentais inquiets : ils se sont certainement confiés également à leurs intimes ou même à leurs voisins pour être sûrs de conserver l'estime de la population. Eux aussi – comme les quatre qui ont quitté la ville, comme le président de la cour qui a fait valoir ses droits à la retraite et comme les deux assesseurs qui se sont fait muter au diable – ont eu peur...

– Ce sentiment de peur devrait pourtant s'atténuer maintenant que, d'une façon ou d'une autre, le meurtrier du petit Serge a payé sa dette vis-à-vis de la société.

– Je l'espère... Mais rien n'est plus tenace que l'esprit de revanche.

– J'aimerais avoir un entretien avec l'un ou l'autre de ces rescapés du jury : ce qui me permettrait d'avoir un nouvel éclairage sur la personnalité de celui que mon client est accusé d'avoir tué en prison. Pouvez-vous me donner l'adresse de la femme ou de l'homme puisque vous les connaissiez avant même qu'ils ne soient désignés comme jurés ?

– Je suis persuadé que vous avez très bien compris, depuis le début de notre conversation, que mon plus vif désir était de vous venir en aide pour une tâche qui ne s'annonce pas tellement aisée, mais je dois aussi vous avouer que cela me gêne de vous révéler les noms et adresses de ces jurés : j'aurais l'impression de transgresser le droit absolu qu'ils ont à la tranquillité. Ne m'en veuillez pas.

– Comment le pourrais-je, monsieur l'avocat général ! Vous avez su déjà vous montrer tellement compréhensif à mon égard que je m'en veux d'avoir accaparé votre temps. Je ne veux plus vous importuner tout en vous remerciant des précieuses indications que vous avez bien voulu me donner et surtout de la chaleur confraternelle de votre accueil.

Victor Deliot s'était levé :

– Il ne me reste plus, au moment de vous quitter, qu'à vous souhaiter une salutaire détente sous le climat africain. Je ne vous dis pas « bonne chasse » parce que je sais que c'est là une phrase que l'on ne prononce jamais devant un chasseur !

– Et moi, mon cher maître, je ne vous dis pas « bonne chance » pour le procès à venir. Ce serait aussi malséant que vos souhaits de chasse ! J'espère également que nous aurons l'occasion de nous revoir avant une vingtaine d'années !

– Moi aussi, parce qu'étant donné l'âge que j'ai, dans vingt ans...

La deuxième personne de la ville à laquelle l'avocat rendit visite fut Thérèse Vifral, la mère de Serge. Comme pour l'avocat général Gaudin, il avait eu la chance de trouver ses numéro de téléphone et adresse dans l'annuaire, tout en s'étonnant qu'après le drame qu'elle avait vécu, la veuve de Jacques Vifral n'ait pas jugé préférable de ne plus avoir son nom sur l'annuaire, ne serait-ce que pour ne pas être dérangée par des importuns. Il était vrai que tout le monde dans la ville connaissait depuis plusieurs générations l'adresse des Vifral et que dix années, déjà, avaient passé depuis les tristes événements.

Ce ne fut pas Thérèse Vifral qu'il eut au bout du fil mais d'abord une femme de chambre à laquelle succéda un homme dont la voix particulièrement aimable répondit, après que Victor Deliot eut décliné son identité et les raisons qui l'amenaient à solliciter d'être reçu par la maman de Serge :

– Mon cher maître, Mme Vifral vient d'apprendre comme tout le monde ce qui s'est passé récemment à la maison d'arrêt de Melun mais elle ne pense pas être concernée par cette affaire.

– Je n'en suis pas aussi certain que vous voulez bien le dire, cher monsieur... Mais, à propos, à qui ai-je l'honneur de parler ?

– André Mateur, professeur de lettres. Je suis depuis longtemps un ami de la famille Vifral et, disons-le, un peu le conseiller de cette chère Thérèse qui, comme vous devez vous en douter, s'est trouvée bien seule après les terribles épreuves qu'elle a vécues.

– Je m'en doute. Eh bien ! monsieur Mateur, j'ai la conviction que l'opinion de Mme Vifral sur la brutale disparition de Bruno Carvault pourrait être un élément de tout premier ordre dans la défense que je dois assurer. Mais comme il m'est très difficile de parler de cela au téléphone et surtout, sans que vous voyiez là la moindre offense à votre égard, par personne interposée, je préférerais de beaucoup qu'elle consente à me recevoir si cela lui était possible.

– Vous appelez de Paris ?

– Pas du tout. Je suis arrivé ce matin dans votre ville avec l'espoir de pouvoir rencontrer Mme Vifral... Je suis à l'Hôtel Terminus et, si ce n'était pas trop demander, j'aimerais être reçu dans le courant de l'après-midi pour pouvoir reprendre ce soir le train de Paris.

– La seule chose que je puisse faire, mon cher maître, est de transmettre votre demande à Mme Vifral et de vous appeler à votre hôtel d'ici une heure pour vous dire si, oui ou non, elle accepte de vous recevoir et à quelle heure. La décision n'appartient qu'à elle.

– Je le comprends très bien. C'est pourquoi, monsieur Mateur, je vous remercie par avance de vouloir bien jouer le rôle d'intermédiaire entre elle et moi. Je ne bouge pas de l'hôtel où je vais déjeuner dans l'attente de votre réponse. Peut-être aurai-je également le plaisir de vous rencontrer si Mme Vifral veut bien me recevoir ?

– Cela aussi ne dépendra que d'elle. Je vous rappelle tout à l'heure.

Victor Deliot venait d'achever son repas quand il reçut la communication. Sans lui donner plus d'explications, le professeur lui annonça que Thérèse Vifral le recevrait à 15 heures. Sachant que si l'exactitude est la politesse des rois, elle est aussi de rigueur dans le monde du palais, le défenseur de Jules Bournol fut introduit par une femme de chambre stylée, aux tempes grisonnantes, à l'heure dite dans un petit salon de l'hôtel particulier de la famille Vifral. Aussi bien dans le vestibule d'entrée que dans le grand salon, qu'il avait traversé sur les pas de la femme de chambre avant de pénétrer dans le salon ressemblant presque à un boudoir, l'ameublement était confortable et l'atmosphère douillette. Sans que tout fût du meilleur goût, on sentait cette richesse sans tapage que l'on ne trouve que dans des villes de province et qui sait se cacher derrière les murs des grandes maisons en pierre construites au début du siècle et dont les façades conservent une sorte d'anonymat. Cette bâtisse cossue, dont la porte d'entrée donnait sur une rue sans vie et dont l'arrière se cachait à l'ombre d'un petit parc entouré de hauts murs, aurait très bien pu se trouver dans n'importe quel quartier résidentiel d'une autre ville de province. Le contraste entre la demeure ancestrale des Vifral et le pavillon de Fraisette, planté dans la banlieue assez disparate de Marseille, était saisissant. A l'intérieur régnait un tel silence que c'était à se demander si la maison était même habitée.

Maison qui n'avait pourtant rien d'un musée : certains meubles étaient hideux et les portraits des Vifral défunts, engoncés sous leurs redingotes dont les revers gauches étaient tous ornés du petit ruban rouge, guère plus séduisants. Ils donnaient l'impression, ces industriels, d'avoir été des personnages compassés et sévères. Aucun d'eux ne souriait. Celui dont le portrait semblait le plus récent avait dû être le beau-père de l'actuelle maîtresse de maison mais comme aucun nom, ni aucune date n'étaient mentionnés sur une plaquette fixée au bas du cadre, il était impossible de connaître le moment de sa disparition. Pendant l'attente qui fut assez longue Victor Deliot eut tout son temps pour réaliser que deux portraits manquaient à la collection... Les seuls qu'il aurait aimé connaître : celui de Jacques Vifral qui, après avoir épousé sa jolie secrétaire Thérèse, était mort dans un accident de la route deux années plus tard alors que son fils Serge n'avait qu'un an, et surtout celui de cet héritier tragiquement assassiné par Bruno Carvault. Le portrait, même fait en souvenir posthume, de cet enfant de quatre ans aurait égayé la lugubre collection. C'était probablement parce qu'il n'était pas là que la maison apparaissait encore plus triste. Mais Deliot comprenait aussi que la jeune femme n'ait pas eu envie d'avoir dans son boudoir la vision figée des deux êtres qu'elle avait le plus adorés.

Quand elle entra enfin par une petite porte basse, encastrée dans la boiserie et que l'avocat n'avait même pas remarquée, ce fut sans faire le moindre bruit. Pendant qu'elle s'avançait, elle donnait l'impression de ne pas marcher mais plutôt de glisser sur les tapis feutrés. Aussi incroyable que ce fût à son âge — Deliot avait fait le compte à Paris en relisant les journaux : elle avait à peine trente-six ans — elle semblait être une émanation du passé... Menue, la taille légère et fine moulée dans une robe noire d'intérieur tombant jusqu'à ses pieds, ne portant pas le moindre bijou et n'ayant aucun maquillage, elle donnait une impression d'irréalité. Et peut-être était-ce ce qui en faisait une femme ravissante. Le teint était diaphane, la peau nacrée, le nez harmonieux, les yeux noirs cernés naturellement. Le visage encadré de longs cheveux d'or d'une rare finesse retombaient, tels des fils de soie, très bas sur les épaules : une admirable chevelure capable de rendre jalouse une ondine ou une fée. Les moindres gestes étaient d'une grâce exquise : quand elle tendit la main, le vieil homme ne put s'empêcher d'être étonné par la race des doigts. La voix était à l'unisson, douce et un peu triste :

– Je suis heureuse de vous connaître, maître Deliot. Ne trouvez-vous pas que c'est étrange : j'ai lu pour la première fois hier votre nom dans les journaux et vous êtes là devant moi...

– Croyez bien, chère madame, que tout l'honneur est pour moi. Quant à ma venue, elle ne se serait certainement jamais produite si les obligations de ma profession ne m'avaient incité à vous rencontrer le plus tôt possible.

– Asseyez-vous. André Mateur, qui est pour moi plus qu'un grand frère, m'a expliqué les raisons qui vous avaient amené jusqu'ici. Alors c'est vous qui assurez la défense de cet homme qui a assassiné Bruno Carvault en prison ?

– Sincèrement, madame, je ne crois pas que mon client, qui se nomme Jules Bournol, soit un meurtrier et ce sera là tout le but de ma plaidoirie. Et ce n'est pas parce qu'il est inculpé que l'on a le droit, tant que le jugement n'aura pas été rendu, de le considérer comme étant un assassin. Mais, pour arriver à le prouver, j'ai besoin de divers témoignages. Les uns serviront à démontrer que Bournol est un trop brave homme pour pouvoir aller jusqu'au crime, et d'autres expliqueront la véritable personnalité de celui que l'on croit être sa victime... Il m'a paru, dès le moment où j'ai accepté de défendre Bournol, que votre place devrait logiquement se trouver dans cette seconde catégorie de témoins. Personne au monde, madame, n'a plus souffert que vous du crime odieux de Carvault ! Je m'excuse humblement d'être en train de raviver chez vous d'aussi horribles souvenirs mais il m'est très difficile d'agir autrement. Que diraient en effet les gens et que penseraient les membres d'un jury si la propre maman de Serge ne venait pas à la barre en tant que témoin à décharge pour m'aider à sauver Bournol en disant courageusement à la cour, que, même en admettant que mon client ait commis ce meurtre – ce qui n'est pas le cas, je m'empresse de vous le dire! – ce n'a été après tout que le geste d'un homme qui a sincèrement cru qu'il était de son devoir de réparer enfin l'erreur d'une justice qui n'a été qu'imparfaitement rendue en son temps... Oh! Je sais et je sens, en voyant l'expression horrifiée de votre visage, à quel point de pareils propos, tenus par la bouche d'un avocat, doivent vous paraître aussi monstrueux qu'insensés! Je sais parfaitement aussi que nul n'a le droit de faire justice lui-même ni surtout de modifier de son propre gré la peine qui a été infligée légalement par un tribunal, mais comment voulez-vous qu'en un pareil cas une cour n'écoute pas et ne tienne pas compte, avant de rendre son verdict final, du cri d'une mère qui n'a jamais pu encore s'exprimer? Car je ne peux pas croire, madame, que pendant les dix terribles années qui viennent de s'écouler, vous n'ayez pas ressenti maintes fois l'envie irraisonnée mais sincère de faire justice vous-même en tuant de vos propres mains, si vous le pouviez, celui qui a étranglé votre unique enfant! Et si vous l'aviez fait, je sais que la majorité des gens – et parmi eux toutes les mères – vous auraient approuvée et que tout le monde vous aurait pardonnée.

Bouleversée, encore plus pâle que sa blancheur naturelle, Thérèse Vifral regarda intensément Deliot avant de répondre avec calme :

– Vous vous croyez encore à l'époque des tragédies antiques et classiques où les héroïnes n'hésitaient pas à tuer pour venger la mort de leurs enfants? Mais qu'est-ce qui vous autorise à penser, maître Deliot, que j'aie souhaité dans le fond de mon cœur, au moment du procès, que le meurtrier de mon fils soit condamné à mort pour expier? Je sais bien qu'il est dit dans les Saintes Ecritures que celui qui a tué par le glaive, périra par le glaive... Mais est-ce là une saine morale et devons-nous continuer aujourd'hui à obéir à l'Ancien Testament?

Tout cela avait été exprimé par la voix douce, sans aucune exaltation. Assez surpris, l'avocat reprit :

– Si je comprends bien, madame, vous estimez qu'il

est regrettable que l'assassin de votre enfant ait été victime à son tour d'une mort violente?

– Je ne l'estime pas : j'en suis convaincue.

– Ce qui veut dire que je ne peux pas espérer vous voir témoigner dans le camp de la défense?

– Mais voyons, maître, à quel titre y serais-je? Pour expliquer que ma soif de vengeance est enfin assouvie? Cela ne me paraît pas être là le comportement d'une vraie mère... Vous n'êtes certainement pas sans savoir que la maman de Bruno Carvault vit toujours et qu'elle habite dans cette même ville... Pendant ces dix années, alors que moi-même je n'avais aucune chance de voir revenir mon petit Serge, elle est restée dans l'attente, caressant l'espoir – peut-être insensé mais quand même réel – que son fils Bruno sortirait enfin de prison et lui serait rendu. Quelle est la mère qui ne ferait pas ce souhait? Et pourtant, depuis la mort brutale de son fils survenue il y a quelques jours, elle sait maintenant qu'elle non plus ne le reverra plus... Oubliant volontairement mon propre chagrin, je me mets à sa place : quelle souffrance atroce doit être la sienne! La même que celle que j'ai ressentie quand, mon fils m'ayant été ravi, j'espérais encore malgré tout qu'on me le rendrait vivant en l'échange d'une rançon... Mais pour elle il n'y a même pas l'espoir de la rançon! Pendant les dix années d'incarcération de son fils, elle a payé tout autant que lui, plus peut-être puisque sa seule culpabilité était de l'avoir mis au monde... Et, brusquement, c'est l'annonce de la mort de celui qui a déjà vécu dix années d'expiation... Et vous voudriez que je vienne à la barre pour me dresser contre cette femme en lui faisant comprendre que je suis très satisfaite de ce qui vient de se passer? Ce serait ignoble de ma part et je suis certaine qu'aucune de ces mères dont vous parliez tout à l'heure ne me donnerait raison.

– Pourtant mon client?

– Qu'est-ce que vous voulez que je dise de lui? Je ne le connais pas, ce Jules Bournol! Peut-être est-il, comme vous semblez en être persuadé, un très brave homme mais ce n'est pas à moi d'en donner l'attestation puisque j'ignorais même son nom jusqu'à ce qu'il soit cité, voici quarante-huit heures, dans les journaux ! Franchement, il m'indiffère.

– Même s'il a fait le geste réparateur que personne avant lui n'a eu le courage d'accomplir ?

– Vous appelez cela du courage ? Pas moi ! Et rien ne prouve qu'il n'y a pas eu, entre lui et Carvault, un différend pendant les deux mois où ils se sont trouvés enfermés dans la même cellule... Ce qui justifierait beaucoup plus le geste criminel que le désir de venger la mémoire de mon petit Serge.

– En tout cas, je constate, madame Vifral, que vous avez suivi avec une certaine attention les relations des faits qui ont été publiés dans la presse : vous avez même noté que Bruno Carvault et Jules Bournol sont restés pendant deux mois incarcérés ensemble. C'est plus qu'il n'en faut, en effet, pour susciter de graves antipathies. Mais il y a un point sur lequel j'aimerais ramener votre attention : comme je vous l'ai déjà dit au début de cet entretien, je ne tiens nullement mon client pour responsable de la mort de Carvault. Pour moi, ou il a été empoisonné par une autre personne qui lui en voulait pour des raisons qui n'ont peut-être, comme vous venez de le suggérer, aucun rapport avec le besoin de corriger le verdict de clémence accordé à la suite du meurtre de Serge – ou il s'est suicidé.

– Figurez-vous, maître, que moi aussi j'ai pensé à cette dernière hypothèse.

– Tout le monde y a pensé, madame, et moi le premier ! Cette idée a même acquis une telle force dans mon esprit que ce sera presque sûrement dans ce sens que s'orientera ma plaidoirie. Il serait très logique que Bruno Carvault, accablé par le remords et n'en pouvant plus aussi de vivre incarcéré, ait décidé de mettre lui-même fin à ses jours... Si telle était mon argumentation, consentiriez-vous, madame, à venir témoigner en faveur de Jules Bournol ?

Il y eut un silence pendant lequel Thérèse Vifral le

regarda avec une sorte de curiosité qui semblait dire : « Mais où ce diable d'avocat veut-il en venir? » Enfin elle répondit :

– Qu'est-ce que cela changerait pour votre client?

– Tout, madame! Si vous consentiez à dire devant le jury – et à condition, bien sûr, que ce soit là votre intime conviction – que vous, la maman de Serge étiez persuadée qu'il ne s'agit pas d'un crime mais d'un suicide, vous ne chargeriez en rien la mémoire de Carvault et resteriez fidèle à cette très noble ligne de conduite que vous vous êtes tracée et qui vous honore... Votre conscience de mère à l'égard de celle d'une autre mère aussi désespérée que vous n'aurait plus rien à se reprocher... Le suicide de Carvault, ça simplifierait tout et je suis convaincu que cela arrangerait beaucoup de monde! La société serait satisfaite et on ne parlerait plus jamais de cette triste affaire : ce qui semble être, je crois l'avoir décelé dans vos propos, votre souhait le plus cher?

– Oh, oui!

– Vous pourriez très bien expliquer, par exemple, dans votre déclaration que tout en déplorant sincèrement le geste fatal de Bruno Carvault, vous n'êtes pas éloignée de penser qu'il a peut-être voulu, en se supprimant, réparer lui-même tout le mal qu'il avait fait. Vous pourriez même redire à la barre quelques-uns de ces mots très émouvants qui vous sont venus spontanément sur les lèvres tout à l'heure quand vous avez exprimé vos véritables sentiments de compassion à l'égard de Mme Carvault, l'autre maman... Je suis persuadé que de telles paroles apaiseraient pour toujours certains esprits chez qui d'anciennes rancœurs inassouvies sont remontées à la surface dès qu'ils ont appris le drame de Melun. Ce serait l'oubli définitif qui est le meilleur des baumes : plus personne ne parlerait de la sinistre « affaire Carvault ».

– Maître, peut-être avez-vous raison. Mais si je me ralliais à la décision de venir témoigner dans ce sens, il faudrait que vous-même me confirmiez avoir la certitude que ce Jules Bournol est innocent du crime pour lequel il a été inculpé.

– Si je ne l'étais pas, madame, je ne serais pas là !

– Et vous pensez qu'une telle déposition serait suffisante pour vous permettre d'obtenir l'acquittement de votre client ?

– Ajoutée à d'autres témoignages, elle y contribuerait puissamment.

– C'est bien : j'irai témoigner le jour où je serai convoquée.

– Merci, madame Vifral ! Je remercie aussi le ciel qui m'a inspiré l'idée de venir vous rendre visite. Maintenant que nous nous sommes mis d'accord sur l'essentiel, je ne voudrais pas me retirer sans vous demander, si cela ne vous paraît pas trop pénible, de me faire un portrait succinct, mais quand même très réel, de Bruno Carvault. J'ai cru comprendre en effet qu'avant que ne se passe l'horrible affaire, vous-même et les Carvault aviez été d'assez grands amis ?

– C'est hélas, vrai ! Mon mari et moi connaissions les Carvault depuis l'époque de nos fiançailles. Ils habitaient au deuxième étage d'un très bel immeuble qui n'est pas loin d'ici. C'étaient non seulement des amis mais presque des voisins de quartier.

– Je crois savoir que M. Carvault est mort voici quelques années ?

– Il n'a pas pu supporter l'idée d'avoir son fils unique condamné à perpétuité pour un crime aussi abominable. C'était un très brave homme ayant une excellente situation et qui, comme son épouse et même son fils Bruno, jouissait de la considération générale. J'ai toujours entendu mon mari en dire le plus grand bien. Ils furent parmi les premières personnes auxquelles Jacques me présenta quand nous fûmes fiancés. Ils assistèrent tous les trois à notre mariage et nous envoyèrent même un très joli légumier en argent que je crois bien avoir conservé...

– Après le procès, M. et Mme Carvault ont continué à habiter au même endroit ?

– Pourquoi auraient-ils déménagé ? Les pauvres gens n'étaient en rien coupables de ce qui était arrivé, ni même responsables des agissements de leur fils qui était déjà majeur depuis trois années. Mais pour eux ce dut être très pénible et ce l'est toujours pour elle qui est restée seule dans l'appartement.

– Comme vous dans cette grande maison...

– Comme moi. Mais j'ai encore la chance d'avoir ce vieil ami, André Mateur, qui vient me rendre visite tous les jours et me conseiller quand j'en ai besoin : c'est atroce, l'existence d'une femme seule ! C'est pourquoi je comprends d'autant mieux ce que doit être maintenant celle de la mère de Bruno.

– J'ai su, justement par Bournol, qu'elle venait lui rendre régulièrement visite à Melun... Avez-vous revu Mme Carvault pendant ces dix années ?

– Je n'ai fait que l'entrevoir cinq ou six fois et de loin. C'eût été indécent de nous retrouver après ce qui s'était passé. N'oubliez pas non plus que nous sommes dans une ville moyenne de province où tout se remarque, où les gens papotent beaucoup parce qu'ils n'ont pas grand-chose d'autre à faire. On nous aurait montrés du doigt en disant que la maman d'un enfant assassiné frayait avec celle de l'assassin de son fils ! La respectabilité exigeait que nous nous ignorions... Pourtant, quand j'ai appris il y a quelques jours la mort de Bruno, je n'ai pas hésité : j'ai adressé un petit mot de condoléances à sa mère.

– Vous avez même fait cela ?

– Oh ! Je lui ai simplement dit que je compatissais à son chagrin de mère, étant moi-même mieux placée que quiconque pour le comprendre.

– Une telle lettre vous honore, madame.

– J'estime n'avoir fait que mon devoir. Et ceci vous prouve qu'il n'y a plus aucune rancune dans mon cœur. C'est pourquoi je n'aurais pas pu témoigner dans le sens où vous me le demandiez au début.

– Je comprends très bien. Revenons à Bruno... Quel genre de garçon était-ce ?

– Au physique ou au moral ?
– Les deux.
– Physiquement, il était d'une taille moyenne et d'une constitution donnant l'impression d'être assez frêle.
– C'est exactement ainsi que me l'a décrit Jules Bournol.
– Je vous garantis qu'il était impossible de penser qu'un être pareil pût étrangler quelqu'un !
– Ce fut un faible qui n'était capable que de s'attaquer à plus faible que lui.
– Quelle horreur ! Mais, aussi incroyable que cela va vous sembler dit par moi, je dois reconnaître que, justement, grâce à cette faiblesse apparente, il ne manquait pas d'un certain charme avec sa blondeur et ses yeux bleus... Je ne l'ai jamais entendu élever la voix quand il venait nous rendre visite, soit seul, soit avec ses parents... Plus souvent d'ailleurs avec sa maman qu'il donnait l'impression de chérir et dont il semblait ne pas pouvoir se passer... Presque un enfant qui a été élevé dans les jupes de sa mère et qui, en prenant de l'âge, est devenu un grand enfant... Ce qui est arrivé est d'autant plus effarant qu'il semblait adorer Serge avec qui il venait souvent jouer... Combien de fois ne les ai-je pas vus tous les deux par cette fenêtre, alors que j'étais moi-même assise à cette même place dans ce boudoir et en train de lire, courir dans le jardin ! Bruno poussait Serge dans un petit chariot que j'ai d'ailleurs gardé comme tous ses jouets : ils sont là-haut dans sa chambre d'enfant à laquelle je n'ai jamais voulu toucher et qui est restée intacte. J'en conserve la clef. Personne n'a le droit d'y pénétrer à l'exception de moi... Je n'y vais qu'une fois par an, le jour de l'anniversaire de sa naissance : j'y reste enfermée toute la journée et je m'imagine qu'il est encore là, près de moi... Je joue avec lui et il me confie ses petits secrets d'enfant... Après la mort prématurée de mon mari il ne me restait plus que lui.
– Bruno venait aussi jouer avec lui dans cette chambre ?

– Oui, quand il pleuvait ou lorsqu'il faisait trop froid pour aller dans le jardin. De ma chambre, qui est de l'autre côté du couloir, j'entendais les rires de Serge.

– Et ceux de Bruno ?

– Ce n'était pas un garçon à rire fort... Il n'élevait jamais la voix. Parfois il souriait, mais un sourire un peu amer qui pouvait faire croire qu'il manquait d'affection. Et pourtant ses parents l'idôlatraient ! Je me demande même s'ils ne l'ont pas trop gâté ? Ils ne lui refusaient rien... Mon mari, qui était un bon psychologue, n'aimait pas tellement Bruno ! Il m'a souvent dit : « – Pourquoi laisses-tu ce grand garçon jouer avec Serge ? Ils ne sont pas du même âge ! » Et moi je répondais : « – Je le sais bien, André, mais ça leur fait un tel plaisir à tous les deux ! J'ai la conviction que Bruno n'a pas d'autre ami que Serge. »

– Curieuse impression en effet si l'on pense à ce qui est arrivé... Et moralement ? Quelle impression vous faisait à vous ce jeune homme ?

– Celle d'être intelligent... Je ne crois pas qu'il ait été très travailleur : j'ai entendu plusieurs fois son père s'en plaindre en disant que son fils était, comme tous ceux qui ont trop de facilités, plutôt paresseux... Mais il comprenait tout très vite. Son pire défaut était de ne se confier à personne : il restait enfermé sur lui-même et dans ses pensées. Après la mort de mon mari, époque où ses parents et moi nous nous vîmes beaucoup car ils surent se montrer très gentils à l'égard de la jeune veuve que j'étais, sa mère m'a avoué que ce qui la désolait le plus dans son fils était qu'il pouvait rester des journées entières sans dire un mot.

– Un taciturne ?

– Plutôt un méfiant qui n'avait confiance en personne.

– Chère madame, vous venez de brosser en quelques traits un portrait de Bruno Carvault qui correspond tout à fait à l'idée que je me fais de lui depuis quelques jours. Je ne voudrais pas abuser plus longtemps de votre temps et je dois rentrer à Paris.

– Attendez un peu, dit-elle en se levant pour aller appuyer sur un bouton de sonnette.

La femme de chambre parut.

– Montez dire à M. Mateur que Me Deliot va partir et que j'aimerais beaucoup qu'il fasse sa connaissance. Nous l'attendons ici.

Et, quand la domestique fut sortie :

– Je tiens absolument à ce qu'André vienne vous voir. Pour moi il a toujours su se montrer un ami très sûr qui ne m'a donné que de bons conseils. Vous douteriez-vous que j'étais bien décidée à ne pas vous recevoir, estimant que je n'avais rien à faire dans le procès de ce Bournol ? Eh bien, c'est André qui m'a déconseillé de prendre une pareille attitude à votre égard en me faisant valoir que, si vous étiez venu de Paris, ce ne pouvait être que parce que vous aviez réellement besoin de mon aide.

– Il ne s'est pas trompé... Je le remercierai. Il habite ici ?

– Oh, non ! J'ai simplement été dans l'obligation de lui faire aménager un cabinet de travail pour qu'il puisse s'occuper de mes affaires et surtout me débarrasser du courrier volumineux que je reçois chaque jour. Je ne suis pas faite pour la paperasse ! Je vis seule dans la maison proprement dite avec ma femme de chambre.

– N'est-ce pas bien grand ?

– Je m'y suis habituée et je m'imagine que Serge continue à courir un peu partout... Enfin je ne suis pas tellement isolée : au-dessus des anciennes écuries, transformées en garage et situées au fond du jardin que vous apercevez d'ici, il y a un logement très confortable où habite le couple de ma cuisinière et de mon jardinier qui s'occupe aussi de ma voiture. Vous voyez : je suis quand même très bien entourée... André Mateur ne vient ici que dans la journée. C'était un grand ami de mon mari qui faisait souvent appel à lui quand il s'agissait de s'occuper d'un problème social dans son usine. Comme beaucoup d'enseignants, André est un être très humain.

– Il professe toujours ?

– Plus depuis quelques années.

– Et vous-même, madame ? Vous continuez à diriger la lourde entreprise des Vifral ?

– L'affaire est maintenant en société : c'est préférable. On ne s'improvise pas du jour au lendemain patronne d'une firme de cette importance. J'ai un excellent directeur et je me contente d'être restée la principale actionnaire sans être P.-d.g. Evidemment, si Serge avait vécu, c'eût été tout autre chose : j'aurais conservé ce poste qui me revenait de droit jusqu'à ce que mon fils soit capable, ses études terminées, d'assurer la pérennité de la dynastie des Vifral. Mais maintenant...

– Je comprends... Pourtant, et peut-être vais-je vous paraître très indiscret en disant cela, une femme aussi charmante que vous n'a jamais songé à refaire sa vie ?

– Mon cher maître, vous n'êtes nullement indiscret, en formulant une question qui m'a déjà été maintes fois posée par d'autres personnes aussi bien intentionnées que vous. Non, je ne me remarierai pas : je suis fermement décidée, puisque je suis la dernière, à porter le nom des Vifral jusqu'à ma mort. Ayant eu le bonheur d'avoir dans ma vie deux grands amours, mon mari et mon fils, pour moi ce serait trahir leur mémoire que de les oublier. Je préfère vivre dans leur souvenir.

– J'ai rarement rencontré une femme de votre trempe, madame Vifral.

La petite porte venait de se rouvrir pour livrer passage à un homme dans la force de l'âge malgré des tempes déjà grisonnantes et qui ne manquait ni d'allure, ni d'élégance. Sans attendre il dit en souriant et en tendant une main affable à l'avocat :

– Maître, je suis enchanté de faire votre connaissance autrement que par téléphone.

– Croyez bien, cher monsieur, que le plaisir est partagé.

— André, coupa vivement Thérèse Vifral, Me Deliot vient de me donner exactement le même conseil que vous : il m'a dit que mon devoir serait de me présenter comme témoin à décharge quand le moment du procès de son client viendrait. Et j'ai accepté en faisant cependant les réserves que je vous ai déjà exprimées ce matin après que vous m'avez fait part de son appel téléphonique.

— Chère amie, vous avez très bien agi. J'ai la conviction que votre déposition contribuera à aider Me Deliot à réussir dans sa tâche qui est d'éviter le pire à son client que, pour ma part, je crois innocent.

— Qu'est-ce qui vous fait penser cela, cher monsieur ?

— Simplement, le fait que je ne vois pas quel mobile aurait pu inciter ce Jules Bournol à commettre un crime aussi gratuit pour lui qui ne pouvait lui attirer ensuite que les pires ennuis !

— C'est bien parce que moi aussi je ne parviens pas à trouver ce mobile, que j'ai l'intention d'étayer ma défense sur la seule hypothèse valable : celle du suicide.

— Je vous suis d'autant plus dans cette idée, poursuivit le professeur, qu'étant déjà, à l'époque de la tragédie, un ami de Jacques et de Thérèse Vifral, j'ai eu la possiblité de voir souvent le cher petit Serge... Et je peux vous affirmer qu'à quatre ans il était déjà un enfant aussi attachant qu'intelligent. A chaque fois que je venais rendre visite ici même à la famille, il ne cessait pas de me poser des questions sur tout. Sa maman sera la première à reconnaître qu'elle le gourmandait alors en lui disant une phrase que j'entends encore résonner à mes oreilles : « — Mais enfin, chéri, quand cesseras-tu de poser tous ces « pourquoi ? » à M. Mateur ? » Et je lui répondais : « — Ma chère Thérèse, vous devriez plutôt être fière d'avoir un fils qui cherche déjà à connaître le pourquoi des choses. Ce sera pour cela qu'il réussira dans l'existence. »

— Madame, interrompit Deliot en remarquant l'émotion bien naturelle que l'évocation de tels souvenirs avait fait naître sur le visage de la maman, je dois absolument partir si je ne veux pas manquer mon train... Encore une fois je tiens à vous remercier aussi bien pour la chaleur de votre accueil que pour la compréhension dont vous avez su faire preuve à l'égard de la difficulté de ma tâche. Je sais maintenant que je pourrai compter sur vous quand le moment viendra... Vous aussi, monsieur Mateur, je vous remercie non seulement d'avoir su vous montrer le plus clairvoyant des intermédiaires entre Mme Vifral et moi-même, mais aussi pour ce réconfort certain que doivent apporter aussi bien votre présence discrète que vos judicieux conseils auprès de celle qui, sans vous, serait très seule... Et si jamais l'un ou l'autre d'entre vous ou même tous les deux veniez à Paris avant que je ne vous donne signe de vie, ne manquez pas de venir me rendre visite : je serai enchanté de vous revoir. A toutes fins utiles je me permets de vous laisser cette carte où vous trouverez mon adresse et mon numéro de téléphone.

Après avoir pris congé de Thérèse Vifral, qui resta dans le boudoir où elle lui donna l'étrange impression de retrouver brusquement cette apparence éthérée qu'elle avait eue en y entrant, il fut accompagné jusqu'au vestibule par le professeur dont le sourire semblait indiquer qu'il était assez satisfait d'avoir fait sa connaissance.

Quand il se retrouva dans la rue, l'avocat qui, intentionnellement, n'avait pas fait demander de taxi pour se rendre à la gare, éprouva un réel bien-être à marcher. Il adorait la marche qui lui permettait de réfléchir ailleurs que devant des dossiers et même loin d'eux! Pour lui c'était la véritable évasion d'où jaillissent les idées simples qui sont presque toujours les meilleures.

Lorsqu'il avait pris le prétexte de ne pas manquer le train de Paris, ce n'était que pour mettre un terme à une conversation qui n'offrait plus aucun intérêt puisqu'il avait eu ce qu'il désirait : obtenir que Thérèse Vifral témoignât dans le camp de la défense, même en acceptant ses réserves. Ce qui compterait aux yeux d'un jury, serait qu'elle fût là. Quant à cet André Mateur, l'ex-professeur devenu le « conseiller », il ne lui plaisait guère. Ceci pour deux raisons : un membre de l'enseignement qui abandonne sa profession pour consacrer toute son activité à s'occuper des affaires d'une veuve encore belle et très riche lui paraissait être un curieux personnage. Ensuite il était un peu trop aimable avec son sourire ambigu où semblaient se mêler la satisfaction de s'être installé dans un bon fromage et de jouer l'oracle que la femme solitaire devait écouter aveuglément. Car il était à peu près certain que si ce Mateur avait conseillé à la veuve de ne pas le recevoir, il aurait trouvé porte close. Quelles pouvaient être les véritables relations existant entre le professeur et celle qui donnait l'impression d'être son élève docile ? Rapports de stricte amitié ? C'était douteux... Rapports plus intimes ? La femme était séduisante et l'homme ne manquait pas de charme : ça pouvait faire un couple illégitime tout aussi uni secrètement qu'un couple légal. Jacques Vifral était sensiblement plus âgé; lorsqu'il avait épousé sa jolie secrétaire, elle n'avait que vingt ans et lui déjà trente-huit. Ça pèse lourd dans une union, dix-huit années d'écart... Tandis que le professeur, dont les tempes avaient pu être argentées volontairement pour accentuer le charme, n'avait tout au plus aujourd'hui que quarante-cinq ans... Et comme Thérèse en comptait maintenant trente-six, la différence d'âge entre eux se réduisait à neuf années au lieu de dix-huit.

En revanche, il fallait bien le reconnaître – et Deliot les avait minutieusement observés pendant tout le temps qu'avait duré leur double présence devant lui dans le boudoir – à aucun moment il n'avait pu surprendre, aussi bien dans leurs regards que dans leur attitude, le moindre signe de complicité amoureuse. S'ils étaient quand même amants, c'étaient des amants très habiles et presque diaboliques. Ce qui pourrait évidemment modifier beaucoup de choses... Et pourquoi ne pas s'être mariés après tant d'années de veuvage de la femme ? Pour sauver la face vis-à-vis de l'opinion publique de la ville qui aurait difficilement admis que la maman de la petite victime et la dernière tenante du nom, prestigieux dans la région, des Vifral devînt une Mme Mateur ? Pourtant, s'ils avaient vraiment voulu s'unir devant la loi, ils auraient très bien pu, eux aussi, quitter la ville comme tant d'autres l'avaient fait au lendemain du procès. Seulement il y avait le paquet d'actions majoritaires de l'entreprise Vifral à défendre.... Quand on veut surveiller sérieusement d'aussi gros intérêts, n'est-il pas préférable de rester sur place ? C'est bien connu, les absents ont toujours tort ! Mieux valait donc attendre encore pendant un certain temps... Le temps n'arrange-t-il pas tout ? Mais, quelle que soit la situation réelle, une intime conviction – dont il était bien incapable lui-même d'expliquer la provenance – portait Deliot à croire que, sous son apparence pateline, l'ancien professeur guignait la fortune.

Que faire maintenant dans cette triste ville où la petite pluie fine avait recommencé à tomber ? Essayer de joindre ces deux témoins dont l'avocat général avait parlé et qui, ayant voté pour la peine de mort, pourraient être, eux aussi, de précieux auxiliaires pour la défense de Bournol ? D'abord il fallait les trouver, le magistrat ayant refusé – et, en agissant ainsi, il n'avait fait que son devoir – de livrer leurs noms et adresses. Le seul moyen bien aléatoire serait d'errer à travers la ville en tentant d'interroger les gens. Ne serait-ce pas peine perdue ? Personne ne répondrait, Deliot en était à peu près sûr. La province, mieux que Paris, sait garder ses secrets. Et une citation à comparaître serait pratiquement impossible à lancer. Une pareille procédure risquerait même de se retourner contre la défense : n'impliquerait-elle pas que l'on avait violé après dix années le secret du vote d'un jury ? Les témoins seraient récusés et les éclaboussures du scandale retomberaient aussi bien sur Bournol que sur son défenseur.

Et la mère de Bruno Carvault qui, elle aussi, continuait à résider dans la ville? En feuilletant l'annuaire pour trouver l'adresse de Thérèse Vifral, l'avocat avait également découvert la sienne. Chose curieuse, elle non plus ne s'était pas fait rayer de l'annuaire. Ce qui faisait frémir! De combien d'appels menaçants la malheureuse n'avait-elle pas dû être assaillie pendant les mois et même les premières années qui avaient suivi le procès! Depuis, l'esprit de vindicte s'était peut-être apaisé mais était-ce même bien certain? Il s'était sûrement trouvé encore des gens malfaisants qui, lorsqu'ils avaient appris la mort de Bruno à Melun, n'avaient pas dû hésiter à téléphoner à la pauvre maman pour lui dire qu'ils étaient enfin satisfaits par sa disparition. Les hommes ne sont-ils pas des monstres?

En supposant que Mme Carvault consente à le recevoir, que pourrait-il lui demander? Tout au plus qu'elle s'abstienne de venir témoigner dans le camp de l'accusation pour y vanter – ce qui ne serait guère aisé pour elle mais une maman n'est-elle pas capable de tout pour défendre son enfant ou tout au moins sa mémoire? – certaines qualités de son fils. Elle saurait expliquer, avec tout son cœur de femme déchirée, que les conversations qu'elle avait eues avec Bruno, pendant les visites qu'elle lui avait faites depuis son incarcération, prouvaient qu'il était sincèrement repentant et qu'il s'était réfugié dans la foi. La preuve n'en était-elle pas qu'il ne lisait plus que des ouvrages pieux? Et qu'ayant retrouvé cette foi profonde, il était décidé à l'avenir à se conformer à des préceptes qui enseignent qu'il faut savoir expier ses fautes.

Mieux valait ne pas chercher à rencontrer cette maman. La conclusion de ces réflexions fut que n'ayant plus rien à faire dans la ville, il était plus important de rentrer à Paris. Dès demain, après avoir encore eu le temps de méditer dans le train du retour, Victor Deliot irait revoir son client auquel il pourrait confier qu'il se sentait mieux armé pour le défendre ayant réussi à trouver quatre témoins à décharge : Fraisette, la grosse Marga, le petit Max et surtout Thérèse Vifral. Ce serait bien le diable si, avec quatre atouts pareils, il ne parvenait pas à le sortir du guêpier.

Ses premières paroles, quand il retrouva Jules Bournol, furent :

– Vous ne vous attendiez pas à me revoir aussi vite puisque je vous avais dit que mon absence durerait à peu près une semaine. Comment va le moral ?

– Il est très moyen....

– Il va vite remonter : je vous apporte des nouvelles plutôt réconfortantes... Et, en tout premier, un message de Fraisette dont les paroles ont été : « Dites-lui simplement que Chris et moi nous continuons à espérer son retour. » N'est-ce pas gentil ? Tout n'est-il pas résumé dans ces quelques mots : l'amour et la certitude que vous allez vous en tirer ?

– Vous avez vu aussi Chris ?

– Une enfant adorable : je vous félicite tout en comprenant que vous soyez un peu gâteux devant elle... Je pense aussi que sa maman doit être plus sévère que vous à son égard.

– Elle ne lui passe rien.

– C'est ce que j'ai remarqué.

– Vous n'allez pas me dire que Chris n'a pas été polie à votre égard ?

– Ce n'est pas bien grave ! Elle ne voulait pas me tendre la main au moment de mon départ... Après tout, elle avait peut-être raison ! Les avocats ne sont pas obligatoirement des personnages recommandables et les enfants ont de l'instinct...

– Oh, maître !

– Fraisette est charmante... Elle a tout pour elle : l'intelligence et la joliesse. Elle possède même ce don assez rare qui permet de se métamorphoser en changeant complètement de personnalité... Je l'ai vue deux fois à quelques heures d'intervalle : d'abord chez elle et ensuite en plein quartier de « La Belle de Mai » pendant qu'elle opérait... Mon bon Bournol, vous avez là une sacrée gagneuse !

– Il le faut bien en ce moment...

– Mais oui... Seulement si elle vient témoigner devant la cour en votre faveur, il serait préférable que sa profession ne soit pas trop étalée... Il est indispensable que d'ici là nous lui en trouvions une autre un peu moins voyante... N'est-ce pas votre avis ?

– Mais elle en a une, maître !

– Vraiment ? Laquelle ?

– Secrétaire à mi-temps travaillant chez elle.

– Pas possible ? Elle sait taper à la machine ?

– Elle connaît aussi la sténo.

– Voyez-vous ça !

– Elle sortait d'une école de secrétariat quand elle s'est lancée dans le turbin.

– Ce devait être une excellente école menant à tout...

– Et elle est employée régulièrement par une maison d'intérim qui lui confie des documents qu'elle tape chez elle.

– Des documents ?

– Fraisette est la discrétion même.

– Je m'en suis aperçu.

– Ce travail « officiel » lui permet de bénéficier des avantages de la Sécurité sociale. Pour élever convenablement la petite, c'était indispensable... Les enfants, ça attrape toutes les maladies et les médicaments, ça coûte cher !

– Mes compliments pour une telle organisation... D'autant plus que si votre ménage ne comptait que sur vous, la Sécurité sociale se transformerait en Insécurité totale ! Donc nous n'avons pas à nous inquiéter pour la profession du témoin Fraisette... Mais dites-moi : dans l'exercice de sa profession... disons « occulte » puisqu'elle fonctionne surtout la nuit, Fraisette n'a pas eu d'ennuis avec la brigade des mœurs ?

– Quelques-uns mais elle s'en est tirée à chaque fois, justement grâce à sa carte professionnelle de sténodactylo qu'elle a toujours sur elle. L'important dans le métier, c'est d'avoir des papiers en règle. Fraisette les a.

Elle possède aussi un autre avantage : elle sait détaler...

– Ce qui veut dire?

– Qu'elle court très vite. Elle est de loin la fille la plus rapide du quartier : vous avez sûrement remarqué qu'elle a de longues jambes? Elle a également l'œil et l'odorat, dès que les poulets se rapprochent, elle les voit et surtout elle les sent...

– En somme Fraisette a toutes les qualités. Je vous l'ai déjà dit, Bournol : vous êtes un veinard! A Marseille j'ai eu aussi le plaisir de déguster le pastis de l'amitié chez la grosse Marga avec quelques-unes de vos relations.

– Vous êtes formidable, maître! Qu'est-ce que les copains vous ont dit de moi?

– Je n'ai entendu que des compliments. Ce qui m'a permis de dénicher dans le Café des Amis deux témoins à décharge qui ne pensent que du bien de vous et qui pourront venir à la barre puisque leurs casiers judiciaires sont vierges : ce sont la patronne et le petit Max.

– Celui qui m'a remplacé pour prendre les paris?

– Exactement : votre doublure... Avec Fraisette ça nous fait déjà trois témoins. J'en ai trouvé un quatrième.

– Toujours à Marseille?

– Ailleurs... Je ne vous révélerai pas son identité. Ce sera pour vous la grande surprise au moment du procès. S'il n'y avait pas de suspense pendant les débats, les assises deviendraient fastidieuses! En partant d'ici je vais me rendre directement chez le juge d'instruction pour lui dire que nous sommes à peu près parés, vous et moi, pour affronter la cour tout en restant à son entière disposition pour répondre aux questions qu'il ne manquera pas encore de vous poser avant de clore son instruction. Bien entendu, vous ne répondrez à chaque fois qu'en ma présence. Quand lui-même estimera que son dossier est complet, il le transmettra au procureur qui aura la tâche de requérir contre vous... Tout cela peut prendre un certain temps avant que la date définitive du procès ne soit fixée. Il faudra vous armer de patience ! Vous pouvez compter sur moi : je reviendrai vous rendre visite chaque semaine pour que nous puissions bien préparer notre affaire.

– Et Fraisette ? Pourra-t-elle venir me voir ?

– Tout dépendra de nos bons rapports avec le juge d'instruction qui a le droit de délivrer ou de refuser le permis de visite. J'essaierai de l'amadouer... Ce ne sera possible que si vous continuez à avoir une conduite exemplaire. C'est promis ?

– C'est juré.

– Ah ! J'allais oublier un détail... Cette maison de Marseille, où habitent Fraisette et Chris, appartient à qui, à Fraisette ou à vous ?

– A Fraisette.

– ... qui l'a payée peu à peu grâce à un office de crédit ?

– C'est cela.

– Paiements dont elle pourrait justifier l'origine, si c'était nécessaire, grâce aux fiches de paye que lui délivre le bureau d'intérim qui fait régulièrement appel à ses services ?

– Exactement.

– Et tout l'argent qu'elle gagne grâce à son activité parallèle ? Qu'est-ce qu'elle en fait ?

– Elle le place.

– Sage précaution ! Ce qui est merveilleux pour elle est de ne pas être imposée sur l'exercice de sa deuxième profession.

– Elle ne l'est que sur les gains de la première, mais ça ne va pas très loin puisqu'elle est censée avoir entièrement à sa charge l'éducation de Chris. Elle est mère célibataire...

– Dommage que vous, qui êtes également à sa charge depuis quelques années, ne serait-ce que pour les colis qu'elle vous envoie, ne soyez pas prévu dans ses exonérations fiscales ! Ce serait le rêve... Maintenant répondez-moi franchement : comment s'y prend-elle pour « placer » ses gains les plus substantiels ?

– Vous connaissez les bons du Trésor ?
– Parbleu ! C'est encore l'un des meilleurs trucs... Ni vu ni connu ! Le gouvernement qui a inventé ça a sauvé une bonne partie de l'épargne française... Et le compte en Suisse, vous n'y avez jamais songé ? C'est encore ce qu'il y a de plus anonyme.
– Fraisette en a un, maître ! répondit Bournol avec une sorte de fierté.
– Pas possible ? Et depuis quand ?
– Plusieurs années déjà. Sa plus grande qualité est d'avoir une mentalité de fourmi : elle prévoit...
– Et comme cet insecte, elle ne doit pas être prêteuse puisque malgré ses bons du Trésor et son compte en Suisse, elle vous a laissé vous lancer dans de lamentables expéditions pour subvenir à ses besoins et à ceux de Chris ?
– Ce n'est pas elle qui m'a poussé à faire des bêtises ! Je ne lui ai pas confié mes projets avant d'agir... Si vous saviez comme elle m'en a voulu les deux fois où je me suis retrouvé sous les verrous !
– Mais enfin, Bournol, plutôt que de vous mettre dans de pareils draps, vous ne pouviez pas – puisque je suis persuadé, après la visite que je lui ai faite, qu'elle vous adore – lui demander d'écorner un peu ses économies pour vous aider à tenir le coup en attendant que vous ayez retrouvé une situation stable ?
– Je n'ai pas osé.
– Auriez-vous peur d'elle ?
– Peur non, mais, c'est très bête ce que je vais vous confier, elle m'a toujours intimidé... Ce n'est pas de ma faute mais je suis comme ça : les femmes m'impressionnent, surtout quand elles sont jolies et ça, pour être jolie, Fraisette ! Et puis, vous vous en êtes sûrement rendu compte quand vous l'avez vue, nous ne venons pas du même milieu, elle et moi... Fraisette est d'un niveau très supérieur !
– Qu'est-ce que vous me chantez là ? Elle ne sort quand même pas de la cuisse de Jupiter puisque vous-même m'avez dit, au cours de notre première conversa-

tion, qu'elle s'était mise au « boulot » avant de vous connaître pour s'évader de sa famille où ils étaient onze frères et sœurs. Sa jeunesse n'a pas dû être le Pérou !

– Oui, mais elle avait quand même une famille alors que moi je n'ai jamais connu mes parents... Enfin, je voulais gagner de l'argent par moi-même pour que plus tard ma fille soit aussi fière de son père que de sa mère. Et vivre entièrement aux crochets d'une femme, ça me dégoûte ! La vraie guigne a été que les paris n'ont jamais marché très fort pour moi au Café des Amis...

– ... et que les hold-up aient raté ! Mon pauvre Bournol ! Savez-vous que vous commencez à me plaire avec votre accumulation de malheurs ! Vous avez aussi de grandes qualités... Vous êtes franc, direct, sympathique, sans ambition personnelle, ne pensant qu'au bonheur futur de Chris, timide, craignant un peu la jolie Fraisette... Elle, en revanche, je le répète : c'est une femme exceptionnelle !

LE PROCÈS
QU'IL FALLAIT GAGNER

Six mois passèrent avant que « l'affaire Bournol » ne se présente devant la cour d'assises de Paris. Victor Deliot l'avait bien dit à son client : *Ce sera long et il faut vous armer de patience.* Six mois au bout desquels Jules Bournol aurait pu espérer être remis en liberté pour bonne conduite après avoir purgé trente mois d'incarcération sur les trente-six auxquels il avait été condamné pour le hold-up manqué. Mais au lieu de la liberté, c'étaient les assises qui l'attendaient avec la hantise d'être condamné cette fois à une peine très lourde pouvant aller jusqu'à la réclusion à perpétuité si sa culpabilité dans le meurtre de Bruno Carvault était reconnue... Victor Deliot avait tenu sa promesse de venir voir Bournol chaque semaine : maintenant l'avocat connaissait bien son client pour qui il avait réussi à obtenir que le juge d'instruction consente à ce que Fraisette puisse lui rendre visite une fois par mois : ce qui s'était toujours passé en présence d'un gardien. Six mois enfin pendant lesquels Deliot était retourné deux fois à Marseille sans prévenir de sa venue aussi bien Fraisette que « les copains » du Café des Amis. Il avait voulu s'assurer que les trois Marseillais étaient toujours dans les mêmes dispositions pour venir témoigner quand le moment du procès viendrait.

S'il avait retrouvé à ses deux voyages la grosse Marga et le petit Max fidèles à leurs habitudes dans le bistrot du quartier de « La Belle de Mai », il n'en avait pas été de même pour Fraisette qui n'était chez elle que la première fois. La seconde elle était partie en ville avec Chris. La consolation de Deliot avait été alors de pouvoir bavarder assez longuement avec la voisine, cette femme au grand cœur qui s'occupait de la fillette lorsque sa maman allait « travailler » dans le quartier chaud. Et il n'avait pas été trop déçu. La conversation avec cette brave femme lui avait appris deux détails des plus intéressants sur Fraisette et dont il s'était bien gardé à son retour à Paris, de parler à Bournol, estimant que celui-ci, de plus en plus inquiet, n'avait pas besoin d'être déprimé davantage.

La foule des grands procès était là, se posant comme tous les journalistes accrédités la double question : *Bournol est-il, oui ou non, le meurtrier de Carvault ? et si la cour ne le reconnaît pas coupable, qui est-ce ?*

L'acte, lu par la voix impersonnelle du greffier, avait cette sécheresse vigoureuse qui s'impose quand il s'agit de relater des faits suffisants pour justifier la mise en accusation d'un homme. Il exposait avec une précision assez effrayante la façon dont les choses s'étaient passées quand la corvée de soupe s'était présentée devant la cellule occupée par Bruno Carvault et Jules Bournol. Ce qui avait suivi, lorsque la porte s'était refermée sur les deux détenus et pendant le temps où la corvée s'était dirigée vers la cellule voisine, l'acte ne parvenait à le révéler qu'à travers les déclarations de Bournol dont l'unique témoignage pouvait être sujet à caution étant donné sa propre situation et surtout son passé.

Assis dans le box des accusés, le truand avait perdu toute sa faconde. Ce n'était plus qu'un homme accablé qui faisait presque pitié. Installé derrière une petite table, placée en contrebas devant le box et sur laquelle étaient répandues des notes, Victor Deliot, revêtu d'une toge noire dont la teinte passée se rapprochait de celle de son manteau, essuyait minutieusement les verres de ses lunettes avec son mouchoir comme quelqu'un qui mettait tout en œuvre pour essayer de voir plus clair dans le prétoire. La cour avait cette majesté qui se dégage de toute cour d'assises française avec les robes rouges du président et des assesseurs, encadrés de chaque côté par la demi-couronne des jurés : cinq à droite et quatre à gauche. Parmi eux se trouvaient deux femmes. Quelques jours avant le procès et dans les délais prescrits, Deliot avait pensé les faire récuser, préférant, si le tirage au sort le permettait, n'avoir affaire qu'à un jury composé exclusivement d'hommes. Sa longue expérience lui avait appris que souvent, dans les affaires d'assises, les femmes jurés se montrent d'autant plus sévères qu'elles se laissent plus emporter par leur instinct. Et, dans le cas présent où il s'agissait de juger un homme accusé d'avoir arraché un fils – et quel que soit ce fils – à la tendresse de sa mère, on pouvait craindre le pire du verdict de ces voix féminines. Mais, finalement, il les avait acceptées, estimant qu'il possédait peut-être dans son système de défense un argument massue capable de faire basculer ces mêmes voix en faveur de l'accusé.

La lecture de l'acte d'accusation se termina par les mots rituels : *Renvoie le sieur Jules Bournol devant la cour d'assises de la Seine, siégeant au palais de justice de Paris en l'heure ordinaire de ses audiences, pour y être jugé sur l'accusation de meurtre commis volontairement sur la personne de Bruno Carvault et y être condamné aux peines prévues par l'article 302 du Code pénal.*

Les témoins cités à comparaître, aussi bien par l'accusation que par la défense, étaient en nombre égal : cinq de chaque côté. L'accusation ayant priorité dans l'ordonnance du procès, son premier témoin fut l'officier de police qui avait eu la charge de mener l'enquête immédiatement après la mort de Carvault et avant que son rapport ne soit transmis au juge d'instruction.

Sa déposition, dépourvue de toute passion, fut sobre. A peu de chose près il relata les mêmes faits que ceux qui étaient mentionnés dans l'acte d'accusation en donnant cependant, quand le président lui en fit la demande, quelques précisions sur certains détails. De ce témoignage il ressortit qu'aucun des deux détenus assurant la corvée de soupe ce jour-là ne pouvait être considéré comme étant un criminel possible. Ni l'un ni l'autre ne connaissait réellement Carvault qu'il n'avait fait qu'apercevoir trois ou quatre fois chacun, au cours de ses deux mois d'incarcération à Melun, lorsqu'il était désigné pour la corvée de soupe que les détenus faisaient à tour de rôle. Il l'avait entrevu pendant le court moment où Carvault tendait les mains pour recevoir sa gamelle et il ne l'avait jamais vu auparavant dans l'une ou l'autre des nombreuses maisons d'arrêt où l'administration pénitentiaire l'avait déplacé. La raison en était que l'un et l'autre de ces hommes subissaient pour la première fois une peine de prison. Ne l'ayant jamais rencontré non plus au cours des promenades autorisées dans la cour, puisqu'on obligeait Carvault à les faire en solitaire pour éviter toute friction avec les autres détenus, ils ignoraient même son identité. Enfin ces détenus d'ailleurs d'origine étrangère, un Polonais et un Yougoslave, n'avaient jamais entendu parler de « l'affaire Carvault » : ils n'étaient entrés en France que plusieurs années après qu'elle avait été jugée.

Aucun soupçon non plus ne pouvait se porter sur les deux gardiens surveillant la corvée et qui avaient toujours eu les meilleures notes depuis les longues années qu'ils faisaient partie du corps des gardiens de la centrale. Tous deux étaient mariés et pères de famille. Le seul fait de les accuser eût été mettre en cause l'honneur et le dévouement de tout le personnel des prisons de France.

Celui qui avait versé le poison dans la gamelle individuelle de Carvault ne pouvait pas non plus appartenir au personnel des cuisines ou même se trouver à l'extérieur de la centrale. Comme les aliments partaient des cuisines et arrivaient jusqu'aux portes des cellules dans de grandes bassines, avant d'être répartis grâce à une louche en présence des récipiendaires dans chaque gamelle individuelle, il aurait fallu que le poison ait été jeté avant ce geste dans l'une des bassines. Mais, dans ce cas, d'autres détenus auraient été empoisonnés ou tout au moins sérieusement intoxiqués. Ce qui n'avait pas été le cas. L'une des meilleures preuves n'en était-elle pas que la gamelle de Jules Bournol, à laquelle il reconnaissait lui-même n'avoir pas touché lorsqu'il avait vu Carvault s'effondrer, ne contenait aucune trace de poison ?

L'officier de police termina son exposé en disant que, sans qu'on puisse formellement l'accuser puisque personne d'autre n'avait été là pour le voir accomplir le crime, la seule personne qui, logiquement, avait pu jeter le contenu d'une capsule, d'un sachet ou même d'un cachet de cyanure dans la gamelle de son codétenu était Bournol contre lequel pesaient donc les plus graves présomptions.

Il fut remplacé à la barre des témoins par le médecin-chef de la centrale qui avait été appelé d'urgence en compagnie du directeur, M. Perrin. Il avait fait immédiatement procéder à l'isolement du chariot sur lequel se trouvait la bassine, au prélèvement du contenu de la gamelle de Carvault répandu sur le sol de la cellule et à la récupération de la totalité des gamelles déjà distribuées aux détenus. Des analyses faites aussitôt sur tout de qui restait d'aliments prouvèrent que seuls ceux qui se trouvaient dans la gamelle de Carvault contenaient du cyanure.

Un médecin-légiste lui succéda pour expliquer que l'autopsie des viscères de Carvault révéla, sans aucune contestation possible, qu'il avait succombé par mort foudroyante due à l'absorption de la dose de poison. Il précisa même que celle-ci avait dû être exactement calculée pour être mortelle.

La quatrième déposition, d'un tout autre ordre, fut celle de l'aumônier de la centrale, un père dominicain.

– Monsieur l'aumônier, demanda le président, la cour sait que vous avez eu, pendant les deux mois qu'il a passés à la centrale de Melun, plusieurs conversations avec Bruno Carvault. Elle aimerait connaître, en toute objectivité, votre opinion sur sa mentalité.

– Monsieur le président, les hasards de l'exercice de mon long ministère dans les prisons m'ont permis d'avoir à deux époques différentes de sérieux contacts avec le disparu. La première fois, ce fut durant les six mois où il fut transféré à la centrale de Clairvaux deux ans après sa condamnation; la seconde pendant ses deux mois passés à Melun. J'ai donc fait sa connaissance huit ans avant de le retrouver ailleurs. En mon âme et conscience, je dois reconnaître qu'il avait beaucoup changé... A Clairvaux je me suis trouvé devant un garçon taciturne et désespérément aigri par la condamnation qu'il devait subir. Il en voulait à tout le monde et trouvait – ce qui peut paraître paradoxal – qu'il ne méritait pas son sort. A l'écouter il se posait presque en victime d'une immense injustice. Au début nos rapports – au cours des visites hebdomadaires que je m'obstinais à lui faire malgré l'avis même de la direction de la centrale et alors qu'il ne manifestait aucun désir évident de me voir – furent des plus difficiles. J'avais beau le raisonner en essayant de l'amener à une plus juste compréhension des choses et je l'avoue, en lui faisant valoir qu'il aurait pu connaître un sort encore pire : il ne voulait rien savoir! La haine sourde et profonde qui l'habitait me porta à penser qu'il était irrécupérable pour la société. J'en vins même à me demander, comme l'inspecteur général des prisons qui lui rendit également plusieurs visites à cette époque, s'il ne récidiverait pas s'il lui arrivait un jour de retrouver la liberté. Il ne pensait, lui qui avait déjà commis un crime atroce, qu'à se venger sur ceux qui l'avaient jugé et, quand je lui parlais de Dieu et de sa divine clémence, il blasphémait. J'en étais désespéré.

» Mais, quand je le revis huit années plus tard, je ne me suis plus trouvé devant le même homme. C'était un autre Bruno, calme et apaisé, qui semblait heureux de recevoir mes visites. Au long des conversations que nous eûmes alors, nous parlâmes de tout et plus particulièrement de la vie et de la mort... La vie n'offrait plus aucun intérêt dans les tristes conditions où il se trouvait mais il reconnaissait lui-même qu'il devait continuer à la subir pour expier sa faute et qu'il n'aurait même pas assez de tout le temps qu'il lui faudrait passer encore derrière des barreaux pour se préparer à une mort de chrétien. Fut-ce l'influence bénéfique des saintes lectures auxquelles d'autres aumôniers avaient réussi entre-temps à l'intéresser ? Il avait acquis la conviction qu'ayant à vivre avec résignation son enfer sur terre, il trouverait la véritable délivrance, non pas dans une mise en liberté mais plutôt dans une fin qui ferait s'ouvrir pour lui la grande porte permettant d'accéder à la mystérieuse paix de l'au-delà.

– Ce qui semblerait indiquer qu'il regrettait alors sincèrement ce qu'il avait fait ?

– Sans aucun doute, monsieur le président. Il regrettait du plus profond de son âme. Je n'ai pas à livrer le secret de la confession mais je crois de mon devoir de prêtre de révéler qu'avant de recevoir la Sainte Communion que je lui apportais à chacune de mes visites et uniquement sur sa demande, Bruno Carvault s'agenouillait avec beaucoup d'humilité dans sa cellule et ne manquait jamais d'implorer le pardon du Très-Haut. Il était presque devenu un mystique dont le visage se transfigurait et s'irradiait d'une immense joie lorsqu'il recevait l'hostie. Quand il se relevait, il disait : « – Mon père, je ne formule plus qu'un souhait : celui de pouvoir retrouver dans l'au-delà ce petit ange auquel j'ai retiré la vie. Avec sa grande clémence Dieu ne peut pas ne pas nous faire nous rencontrer... Et quand cela sera, je demanderai moi-même pardon à Serge... Croyez-vous qu'il me pardonnera ? » Question bouleversante à laquelle je répondais : « – Je suis persuadé que vous serez exaucé quand celui qui régente tout, estimant que le temps de vos souffrances sur terre aura assez duré, vous rappellera à lui. Et peut-être qu'à ce moment il vous accordera la joie infinie de revoir Serge. » Il me posa aussi cette question : « – Mon père, puisque vous dites que le Créateur conduit notre destinée, comment a-t-il pu me laisser accomplir un acte criminel ? Vous ne pouvez tout de même pas m'affirmer que c'est lui qui m'a inspiré la pensée de tuer ? » La seule réponse que je pus alors faire fut : « – C'est Satan qui a imprégné votre âme d'une pensée aussi homicide en vous trompant par l'appât du gain. Seules les longues méditations qui vous ont été imposées par l'isolement auquel vous êtes maintenant contraint ont réussi à vous éloigner de lui. Aujourd'hui votre cœur est redevenu pur. » Avant d'en terminer je tiens à préciser que mon rôle n'est pas de dire ici ce que je pense de l'opportunité de ce procès. Laissons faire la justice des hommes incarnée par le jury. En revanche, la justice de Dieu, dont j'estime être le représentant, m'oblige à exprimer la profonde conviction que le Bruno Carvault qui s'est présenté devant lui n'était plus du tout le même personnage que celui qui m'avait laissé, il y a huit années, une désastreuse impression. Voilà, monsieur le président, tout ce que je peux dire de quelqu'un qui n'est plus.

Le dernier témoin cité par l'accusation était – Victor Deliot s'y attendait depuis longtemps – la maman de Carvault. Son entrée dans le prétoire fit une forte impression : c'était une femme digne et modestement vêtue dont la démarche, le visage énergique et la chevelure déjà blanche créaient un contraste saisissant avec la silhouette éthérée d'une Thérèse Vifral. Une maîtresse femme sans doute dont la voix claire répondit au président qui venait de lui demander de parler de son fils :

– Je ne suis pas venue avec l'intention, après dix années et surtout après sa tragique disparition, d'innocenter Bruno pour le crime dont il s'est rendu coupable, ni pour le faire passer à titre posthume pour meilleur qu'il n'a été. Dans sa petite jeunesse, il fut un enfant comme beaucoup d'autres, ayant ses qualités et ses défauts, et, lorsqu'il devint un jeune homme, un très bon fils. Le seul mal qu'il ait jamais fait à ses parents, tout le monde le connaît. Mal irrémédiable dont mon pauvre mari ne s'est jamais relevé. Non seulement mon fils a tué un innocent, mais je le tiens pour responsable de la mort prématurée de son père. Je le lui ai d'ailleurs toujours dit à chaque fois que je lui ai rendu visite dans les différentes prisons où il a été incarcéré et je puis affirmer devant cette cour qu'après en avoir pris pleinement conscience, il en était désespéré.

» Désespoir qui, en ajoutant au remords de son acte meurtrier, n'a cessé de le hanter avant même qu'il ne soit jugé et qu'il a exprimé publiquement devant ses juges à l'énoncé du verdict qui l'a condamné à la réclusion perpétuelle. Ses dernières paroles ne furent-elles pas avant qu'on ne l'emmène : « Je regrette sincèrement ce que j'ai fait et j'en demande pardon à la mère de Serge. » Ce procès, ni mon mari ni moi n'avons eu le courage d'y assister : voir étaler devant une cour de justice ce qu'a fait votre unique enfant et l'entendre ensuite condamner étaient au-dessus de nos forces. Mais si, restée seule au monde, j'ai trouvé le courage de me présenter ici c'est parce que je veux que l'interprétation des faits qui se sont produits à Melun ne soit pas modifiée aux dépens de la vérité comme ne manquera certainement pas de le faire la défense. Et j'estime être en droit de dire que si mon époux était encore vivant, lui aussi serait venu.

» Ce qu'il faut que l'on comprenne bien est que Bruno était totalement repentant et ceci avant même sa condamnation. Jamais, pendant les dix années qu'a duré son calvaire, il ne s'est départi d'un tel sentiment. Et peu à peu, je dois le dire – grâce à la bienfaisante influence qu'ont eue sur lui les différents aumôniers qui se sont penchés sur sa détresse – il est revenu à cette foi chrétienne qui a toujours été la nôtre et que nous lui avions inculquée dès sa plus tendre enfance. C'est pourquoi je m'oppose formellement à l'avance au fait que l'on puisse admettre que Bruno, las de tout et de l'existence, ait pu attenter à ses jours. Il avait réappris qu'un chrétien ne se suicide pas et je me suis rendu compte avec une réelle joie, au cours des visites que je lui ai faites pendant les derniers mois de son existence, qu'il avait au contraire une furieuse envie de vivre. Ceci non pas pour recommencer à faire le mal mais au contraire pour répandre le bien autour de lui.

» A ce propos, je me dois de confier à la cour qu'il y avait longtemps déjà qu'il me disait à chaque fois que nous nous retrouvions dans le parloir d'une prison : « Maman, si je sors un jour de cette effroyable nuit que je reconnais avoir méritée, je consacrerai le restant de mon existence à une œuvre s'occupant de l'enfance malheureuse. Ce ne sera vraiment qu'à ce prix que j'acquerrai la certitude d'avoir su refaire ma vie. » Un homme jeune qui tient de tels propos, alors qu'il ignore même s'il retrouvera un jour sa liberté, ne peut pas être un candidat au suicide ! Et comme ceux qui l'ont défendu nous avaient fait comprendre, aussi bien à lui qu'à moi et au début de cette dixième année qu'il y avait de sérieuses chances – étant donné sa conduite exemplaire – pour qu'il soit remis en liberté dans un laps de temps relativement court par rapport à ce qu'il avait déjà enduré, nous fûmes envahis par un immense espoir ! A chacune de nos retrouvailles nous bâtissions même des projets et il avait été entendu entre nous que nous nous exilerions à l'étranger, loin de ce pays où il ne pourrait toujours rencontrer que l'opprobre ou la haine, pour remplir la nouvelle tâche humaine et chrétienne qu'il s'était fixée. Il me fit promettre de ne jamais le quitter : « Tu comprends, maman, si tu ne m'abandonnes pas, je me sentirai plus fort pour rester dans le droit chemin. Ce sera comme lorsque j'étais enfant... Tu es la seule personne au monde dont je suis sûr qu'elle est mon alliée. S'il le faut même, nous changerons de nom pour que celui que j'ai sali ne te gêne plus et ne nuise pas à la mémoire de mon père. »

La sincérité d'une aussi douloureuse confidence ne pouvait être mise en doute. Et, par un étrange retour des sentiments, elle fit retomber sur le disparu un certain courant de sympathie. Victor Deliot, toujours attentif au banc de la défense, ne bougea pas. Silencieux, il évaluait l'effet qui venait d'être produit sur les hésitations du jury. Il resta également muet pendant que Mme Carvault reprenait :

– Si je me suis permis d'évoquer de tels souvenirs, c'est parce que je tiens à ce que la cour et mesdames et messieurs les jurés ne puissent pas penser un seul instant qu'un garçon, aussi foncièrement repentant que Bruno au moment où s'est passée la nouvelle tragédie de Melun, ait pu songer au suicide. Et j'affirme solennellement devant Dieu et devant les hommes que sa mort ne peut être attribuée qu'à un crime ! Bruno a été assassiné ! Par qui ? Ce n'est pas à moi de le trouver mais à ceux qui représentent ici la justice. Il y a là, dans ce box, un homme que je ne connais pas et dont mon fils n'a même pas éprouvé le besoin de me parler au cours de nos dernières entrevues. Il m'a simplement dit qu'il n'était plus seul dans sa cellule et quand je lui ai demandé : « – Est-ce au moins un compagnon dont la présence ne t'importune pas trop ? » il m'a répondu : « – Tu sais très bien, maman, que je préférerais être seul... Depuis le temps, je me suis familiarisé avec la solitude qui est devenue pour moi presque une amie : elle m'a permis de réfléchir... Quant à ce codétenu, il a au moins le mérite de ne pas me poser de questions. Il me fait l'effet de ne pas être un mauvais homme. Moi non plus je ne l'interroge pas : je ne lui ai jamais demandé pourquoi il était là, craignant qu'à son tour il ne me retourne la question. Nos passés réciproques n'appartiennent qu'à nous. Il le sait aussi bien que moi. Nous ne nous parlons pratiquement pas. » C'est pourquoi je ne suis pas devant cette barre en accusatrice de cet homme plutôt que d'un autre. Ce sera la cour seule qui décidera s'il est coupable ou non, mais pas moi ! Je n'ai que le droit de me taire sur ce point mais, en revanche, pour la dernière fois je répète que mon fils n'a pas pu attenter à ses jours. Craignant que, désespéré par sa longue détention, il ne cède un jour à cette terrible tentation, je lui ai fait jurer qu'il ne le ferait pas. Et, qu'on l'admette ou pas, moi sa mère j'ai le droit et le devoir de croire à sa parole donnée dans d'aussi tristes circonstances. Je n'ai plus rien à dire.

– La cour vous remercie, madame. Vous pouvez vous retirer.

Ce que fit la mère de Carvault avec la même dignité qu'elle avait eue en entrant.

M. Perrin, directeur de la centrale de Melun, fut le premier témoin cité par la défense.

– Monsieur le directeur, dit le président, la cour ne vous a pas fait convoquer à la requête de la défense pour que vous lui expliquiez les circonstances dans lesquelles s'est produite la découverte d'une mort dont vos fonctions mêmes ont fait de vous l'un des tout premiers témoins. Ces circonstances, nous les connaissons par l'acte d'accusation et les dépositions successives de l'officer de police qui a eu la charge de l'enquête, du médecin-chef de l'établissement pénitentiaire que vous dirigez et du médecin légiste désigné. Ce qu'elle aimerait savoir ce sont les raisons qui vous ont incité à témoigner en faveur de l'accusé Jules Bournol ?

– Monsieur le président, mesdames et messieurs les jurés, en acceptant sans la moindre hésitation de venir à la requête de la défense, j'estime ne faire que mon devoir de directeur de la maison d'arrêt où se sont produits les faits, et mon devoir d'homme... Mon devoir de directeur ? Autant, après les deux mois d'incarcération dans l'établissement que je dirige, je ne connaissais qu'assez peu Bruno Carvault, autant je puis affirmer qu'après ses trente mois de détention dans ce même établissement, je savais exactement qui était Bournol. En ce qui concerne Carvault j'ai la conviction que ceux qui assument les mêmes fonctions que moi dans les différentes prisons où il a séjourné beaucoup plus longtemps que dans la mienne avant d'y être transféré seront mieux placés que moi pour vous parler de lui. C'est surtout par les différents rapports qui ont été établis sur lui par mes confrères – et qui ne m'ont été transmis dans son dossier que l'avant-veille de son arrivée à Melun – que j'ai pu commencer à me faire une idée indirecte sur son compte. Ensuite, ayant été mis au courant par ces mêmes rapports du désir qu'il avait toujours manifesté de ne pas être importuné après sa condamnation, j'estime qu'il aurait été déplacé de ma part de lui poser certaines questions auxquelles il n'avait aucune envie de répondre. Nos rapports personnels ont donc été très distants. En revanche – et cela fait partie de mes attributions à l'égard de tout détenu – je n'ai pas manqué de prendre régulièrement connaissance des notes hebdomadaires que les gardiens chargés plus spécialement de sa surveillance établissaient sur son comportement comme l'exige le règlement pénitentiaire. De l'ensemble de ces notes il ressort que Bruno Carvault, qui ne se livraït à personne et parlait le moins possible, s'est montré parfaitement discipliné pendant les huit semaines qu'il a passées chez nous. Je n'ai donc rien à dire sur son compte.

» Par contre, je puis dire beaucoup plus de choses sur Bournol. Pour moi, et je crois refléter en cela l'opinion unanime des gardiens chargés de sa surveillance pendant plus de deux années, Jules Bournol a été l'exemple-type du détenu modèle. Non seulement il n'y a pas eu une seule observation à lui faire mais je l'ai même félicité devant tous ses camarades de l'atelier de confection pour l'excellent rendement de son travail : ce qui lui a valu de bénéficier d'une permission exceptionnelle de quatre jours au bout de la deuxième année. Il a pu ainsi aller voir à Marseille sa compagne et surtout sa fillette qu'il adore. Et quand il revint à l'expiration de cette permission, ce fut exactement à l'heure prescrite sans une minute de retard : ce qui, croyez-moi, est assez rare !

» Je peux confirmer aussi qu'un projet de libération anticipée, lui octroyant une réduction de peine de six mois, avait été approuvé aussi bien par le Parquet que par l'administration pénitentiaire. Ce qui signifie, qu'au lieu d'être aujourd'hui dans ce box il aurait déjà recouvré la liberté. C'est pourquoi on peut imaginer quel doit être en ce moment son désarroi ! Ce n'est pas mon rôle de le défendre mais il est de mon devoir de dire qu'après avoir longuement réfléchi à cette nouvelle mise en accusation qui l'amène encore devant une cour de justice, je ne parviens pas à croire qu'il puisse être un criminel... Jules Bournol meurtrier? J'ai eu suffisamment d'occasions de converser avec lui pendant ces deux dernières années pour me faire une solide opinion sur son compte. Qu'il ait commis de regrettables erreurs, poussé par le désespoir de ne pouvoir venir en aide à ceux qu'il chérit et qui ont besoin de lui, c'est certain, mais de là aller jusqu'à un assassinat! Cet homme a du cœur et un fond naturellement bon. L'expression que je vais employer va sans doute paraître assez facile, mais je n'en trouve pas de meilleure pour définir le Bournol que je connais bien : il est incapable de faire du mal à une mouche! Même au cours du hold-up manqué, dans lequel il s'était laissé entraîner, tel un enfant de chœur, par des hommes infiniment plus mauvais que lui, il n'avait pas d'arme! J'ai même acquis la conviction qu'il craint les armes à feu! Utiliser alors une arme plus sournoise comme le poison? Cela me paraît des plus douteux chez un homme qui a trop le respect de la vie. Pour moi Bournol c'est un tendre qui, sous son apparence un peu bourrue, cache une réelle timidité. Et pourquoi s'en serait-il pris à un codétenu qui n'était nullement de son milieu et qui ne lui avait fait aucun mal?

» ... Le voir ici dans de pareilles circonstances m'oblige à faire mon propre examen de conscience : ne suis-je pas le responsable indirect qui, en me conformant aux consignes formelles qui m'ont été données, a fait incarcérer Bruno Carvault dans la même cellule que lui? Croyez bien que j'ai beaucoup hésité avant de prendre une pareille décision! J'étais pris dans un véritable dilemme...

» Par un souci d'humanité très compréhensible, l'administration pénitentiaire a estimé qu'après lui avoir déjà fait endurer dix années de réclusion solitaire, on ne pouvait pas continuer à laisser Carvault dans cet isolement accablant. Il fallait lui trouver un compagnon de cellule mais son caractère assez irascible interdisait qu'on le mette en contact direct et à peu près permanent avec un codétenu qui serait aussi difficile que lui. Il m'a donc fallu chercher, parmi les mille deux cents pensionnaires de la centrale dont j'ai la responsabilité, celui qui avait assez de calme et de maîtrise sur lui-même non seulement pour accepter une pareille compagnie mais aussi pour savoir se montrer compréhensif à l'égard d'un homme condamné à vie... Je n'en ai trouvé qu'un réunissant ces qualités : Jules Bournol. J'ai pensé aussi que ce dernier, sachant que cette cohabitation ne durerait tout au plus pour lui que cinq ou six mois puisqu'il était sûr de bénéficier d'une réduction de peine, supporterait plus facilement et même avec une certaine gentillesse la présence de celui dont personne n'avait voulu dans les précédentes maisons d'arrêt où il avait séjourné. Aussi vous pouvez vous douter de ma stupeur quand je me suis trouvé, quelques minutes après le crime, devant le corps de Carvault ! Je ne comprenais pas et j'avoue n'avoir pas encore compris... Qu'il ait été empoisonné, c'était certain mais ce ne pouvait pas avoir été fait par Bournol. Si vous aviez pu voir à quel point il était lui-même bouleversé par la vision de son codétenu s'écroulant foudroyé sous ses yeux !

– Monsieur le directeur, dit avec calme le président, la cour reconnaît qu'une pareille déposition fait honneur à votre probité : un directeur de maison d'arrêt – qui n'hésite pas à proclamer hautement avoir en son âme et conscience la conviction que l'un des détenus de l'établissement, dont il a la responsabilité, ne peut pas être coupable d'un crime ayant motivé son inculpation – est un fait suffisamment rare dans les annales judiciaires pour avoir retenu toute son attention. Et cela la met également dans un grand embarras parce qu'enfin, monsieur le directeur, le crime a quand même été commis à l'intérieur des murs de la centrale que vous dirigez !

– C'est exact.

— Mais alors, si vous rejetez la responsabilité de l'unique personnage dont la situation au moment même du crime en fait le seul coupable possible, qui, selon vous, des mille cinq cents personnes environ — en comptant les détenus, leurs gardiens, le personnel administratif et divers employés dont vous avez la responsabilité et, je le précise à nouveau, à *l'intérieur* de vos murs — a bien pu commettre le crime ?

— Je me le demande encore, monsieur le président ! Croyez bien que cette question, à laquelle je ne trouve aucune réponse, me hante ! Comment pourrais-je trouver la solution quand la minutieuse et longue enquête menée pendant des mois sous l'autorité d'un juge d'instruction n'a finalement abouti qu'à un ensemble de conclusions selon lesquelles seul Bournol peut être le coupable. Pour moi ce ne sont là que des présomptions mais il n'y a aucune preuve formelle. Comment dès lors peut-on juger un homme uniquement sur des présomptions, même si celles-ci semblent être très sérieuses ? Ce n'est pas parce qu'on ne trouve pas le vrai coupable qu'un autre homme dans certaines circonstances — telles la cohabitation dans une même cellule et la présence auprès de la victime au moment de sa mort — peut être jugé comme présumé coupable ! C'est pourquoi en fin de compte, et je terminerai par là, j'en arrive de plus en plus à me demander si l'opportunité d'un tel procès s'imposait ?

— Apprenez une fois pour toutes, monsieur le directeur, que dans tout procès le rôle d'un témoin doit se limiter à dire ce qu'il sait ou ce qu'il a vu et non pas à porter son jugement personnel sur le fond même du procès. Sachez aussi que seule la justice est habilitée pour dire si un procès doit être engagé ou non... La cour vous remercie : vous pouvez vous retirer.

En voyant le directeur de la centrale s'éloigner de la barre, Victor Deliot pensa que le courage dont il venait de faire preuve risquait de l'amener, plus tôt encore qu'il ne le prévoyait lorsqu'ils avaient eu leur conversation téléphonique avant qu'il n'aille faire connaissance avec le truand qui l'avait appelé à son secours, à faire valoir ses droits anticipés à la retraite... Mais la déposition, de cela Deliot était sûr, avait produit un excellent effet en faveur de son client. Il n'y avait plus qu'à souhaiter qu'il en serait de même pour la déposition du second témoin qu'il avait fait citer. Mais ce n'était pas certain, ce témoin étant la grosse Marga, l'opulente patronne du Café des Amis.

Elle apparut, telle que Deliot l'avait vue à deux reprises différentes dans son bistrot de Marseille. Mais tout de même, peut-être conseillée en cela par certains habitués de l'établissement, elle avait réalisé que l'on ne se présente pas devant une cour d'assises en tenue négligée. Et elle avait fait des efforts de toilette qui, tout en étant très méritoires, déclenchèrent un véritable fou rire dans l'assistance.

« Bienfaisant sourire! se dit Deliot. Il arrive à point pour détendre la pénible atmosphère qui pèse sur cette salle depuis l'ouverture des débats. Il faut quelques sourires, même dans une cour d'assises! Après tout, les juges et les jurés sont des êtres humains comme les autres : ils ont besoin de reprendre leur respiration avant de continuer à évaluer la culpabilité d'un accusé sinon leur verdict final peut s'en ressentir. »

Il faut reconnaître que Marga entoilettée était irrésistible. Se souvenant sans doute qu'une dame « comme il faut » ne sort pas en cheveux dans les grandes occasions, elle s'était affublée d'un chapeau du genre canotier en paille blanche qu'elle n'avait pas craint de planter sur sa tignasse aussi rebelle que frisottée. Raffinement qui était complété par un boa dont les plumes n'étaient peut-être pas d'autruche authentique mais dont la couleur verte symbolisait l'espérance en une heureuse issue du procès de ce bon Jules. Les gants aussi – pourquoi n'aurait-elle pas dissimulé ses doigts délavés par d'innombrables rinçages de verres derrière son zinc? – étaient de même teinte. La robe bleue, constellée de petits pois blancs, s'harmonisait avec le chapeau : elle apportait dans la salle solennelle un peu de la gaieté du quartier de « La Belle de Mai ». Les chaussures vernies rouges permettaient de se poser une question : comment une masse de chair aussi imposante parvenait-elle à se tenir en équilibre sur d'aussi frêles talons à aiguille? Et pourtant, la grosse Marga s'était avancée allégrement vers la barre en faisant dodeliner son arrière-train dans une démarche dont la souplesse était surprenante. Après avoir levé la main droite en jurant de ne dire que la vérité, rien que la vérité, toute la vérité, la patronne du Café des Amis répondit de sa voix grasseyante au président qui venait de lui demander de dire à la cour ce qu'elle pensait de l'accusé :

– Monsieur le président, ça fait plus de quinze années que je connais Jules. C'est vous dire que lui et moi nous sommes devenus ce qu'on appelle des « potes »... Parce que pour un bon pote, c'est un bon pote! Tous les clients de mon établissement pourraient vous le dire! Et régulier avec ça! Quand les paris qu'il avait ramassés n'avaient pas marché, il s'arrangeait toujours pour rembourser dans les deux ou trois jours qui suivaient.

– Comment s'y prenait-il?

– Ça, monsieur le président, je n'en sais rien : c'était son métier et pas le mien! Ce que je peux certifier, c'est que lorsqu'il a eu ses ennuis, on l'a tous bien regretté! Un chic type, Jules, et bon comme du pain de mie!

– En somme, il n'y a jamais eu d'histoires avec lui quand il exerçait sa profession?

– Jamais!

– Et sa femme?

– La Fraisette? Gentille et mignonne en diable! On ne la voyait pas souvent chez moi mais, depuis qu'il l'avait rencontrée, on sentait qu'elle avait une bonne influence sur lui.

– Il semble pourtant, madame, que c'est à partir du moment où il s'est mis en ménage avec elle qu'il a commencé à commettre de sérieuses erreurs?

– On ne peut pas dire ça, monsieur le président ! S'il a fait des bêtises, c'est justement parce qu'il voulait l'aider ainsi que leur môme... Un cœur d'or, Jules ! C'est bien simple, à chaque fois qu'on lui parlait de sa petite fille, il ne pouvait pas résister : il s'attendrissait... Il n'y avait que trois genres de personnes qui comptaient pour lui : « sa » Fraisette, « sa » Chris et « ses » copains...

– Qui se trouvaient tous au Café des Amis ?

– A peu près...

– Dites-moi, madame, pourquoi êtes-vous venue témoigner en sa faveur ?

– Parce que son avocat, Me Deliot, qui est bien dévoué et bien sympathique, me l'a demandé... Et, même s'il ne l'avait pas fait, je serais quand même venue ! C'est vrai, ça : on n'a pas le droit, quand on est la patronne d'un établissement qui se respecte, de laisser tomber la bonne clientèle. Il ne faut pas oublier que c'est grâce à des hommes comme Jules que nos petites entreprises peuvent vivre. Si on ne les avait pas, on n'aurait plus qu'à fermer boutique !

– La cour en est intimement persuadée... Puisque vous avez une aussi haute opinion des qualités de Jules Bournol, pouvez-vous nous dire, madame, si vous pensez qu'il est susceptible de commettre un meurtre ?

– Mais, monsieur le président, c'est comme si vous me demandiez si je suis capable de faire passer un quart de Vittel pour un pastis !

– Je vous en prie, madame, modérez vos expressions. Aujourd'hui vous n'êtes pas derrière votre comptoir mais devant une cour d'assises.

– Je vous demande pardon, monsieur le président... Je sais très bien ce que je veux dire mais je ne sais pas toujours m'exprimer... Ce qui est sûr, c'est que, jusqu'à preuve du contraire, je tiens Jules Bournol pour le meilleur des hommes. Lui, tuer quelqu'un ? Et un confrère par surcroît ?

– Un confrère ?

– Je veux dire un codétenu... Mais pourquoi diable

aurait-il fait ça ? Quand il sera sorti de prison, il aura devant lui tout ce qu'il faut pour être heureux : une compagne qui l'aime, la plus jolie fillette de Marseille, le soleil de notre Méditerranée, une maisonnette et même du travail en perspective.

– Du travail ?

– Mais oui ! Vous croyez qu'on le laissera tomber, nous ses amis ? On se cotisera même, s'il le faut, pour qu'il puisse remonter sur sa bête... Parce qu'on sait tous qu'il n'est pas flemmard. Il n'a toujours demandé qu'à travailler et il l'a fait, comme il l'a pu, sur les hippodromes, autour des rings ou dans les stades.

– Autrement dit, s'il lui arrivait de recouvrer un jour la liberté, ce serait dans ce cycle d'activités que vous-même et vos clients du Café des Amis l'aideriez ?

– Et pourquoi pas ? Ne faut-il pas de tout pour faire un monde ?

– A qui le dites-vous, madame ! Depuis qu'elles existent les cours de justice sont, hélas, bien placées pour le savoir... Celle-ci vous remercie. Vous pouvez vous retirer.

La grosse femme parut être assez déçue que la cour d'assises ne ressente pas la nécessité d'écouter plus longtemps sa déposition. Cramoisie de dépit, elle s'en alla sous de nouveaux sourires avec la dignité d'une grande dame outragée qui ne peut pas s'empêcher de remuer son arrière-train dans une sorte d'élégance qui lui était toute particulière.

Victor Deliot souriait lui aussi, estimant qu'il était préférable qu'elle n'en dise pas plus. Après tout, les choses ne s'étaient pas tellement mal passées... Ça aurait pu être pire ! Il ressortait de ce témoignage pittoresque que Jules Bournol était apprécié du petit monde assez spécial où il évoluait... Un monde qui ne se trompe pas tellement sur les gens et pour qui il y a ceux qui sont « réguliers » et ceux qui ne le sont pas. Si Jules ne l'avait pas été, la patronne du bistrot ne se serait pas dérangée. C'était une autre bonne note pour lui. Que Marga fût un peu vexée, c'était normal : Deliot l'imaginait très bien, disant la veille, derrière son comptoir, au cercle des amis : « Vous allez voir ce que vous allez voir ! Je leur dirai, à ces juges, tout ce que j'ai sur le cœur et ceci pour aider notre Jules ! Ça ne m'impressionne pas du tout, moi, de témoigner devant une cour d'assises parisienne ! A Marseille nous en avons vu d'autres... Pas vrai, les amis ? » Et tous, extasiés, avaient dû penser : « Si la grosse monte là-haut, Jules sera sûrement sauvé ! C'est quelqu'un, la Marga ! » Ne venait-elle pas d'être leur ambassadrice ?

Le deuxième envoyé du Café des Amis fut le petit Max, portant son veston à carreaux serré à la taille et tournant sans cesse sa casquette dans ses mains. Réflexe ininterrompu indiquant qu'il se sentait beaucoup moins à l'aise devant une cour d'assises que sur un champ de courses. Comme l'aurait certainement dit Marga si elle était restée à la barre : *Monsieur le président, on ne peut pas toujours fréquenter du beau monde !* Des gouttes de sueur perlaient sur son front dégarni et la voix aux intonations pointues résonna étrangement dans le prétoire lorsqu'il répondit au président qui venait également de lui demander pourquoi il avait accepté de venir témoigner en faveur de l'accusé :

— Mais parce que c'est mon copain, monsieur le président ! Et quand je dis qu'il est le mien, je pourrais affirmer qu'il l'est de nous tous... Seulement, à la différence de la Marga qui est la patronne de son établissement, je préciserai plutôt que j'ai l'impression de représenter ici le fonds de la clientèle...

— Quelle est votre activité exacte ?

— Disons, si vous le permettez, que je suis le remplaçant de Jules... Depuis qu'il ne peut plus exercer, il fallait bien que quelqu'un se dévoue pour ramasser les paris !

— En somme Bournol vous a délégué ses pouvoirs ?

— Si l'on veut, monsieur le président... Mais je vous jure que le jour où il reviendra, je m'en irai pour lui laisser sa place.

– Les affaires marchent-elles mieux sous votre direction ?

– Pour être franc, ça ne va ni mieux ni plus mal... Sur les quelques bénéfices que j'ai faits, j'ai mis de côté la part de Jules.

– Voilà ce que nous pourrions appeler l'esprit de solidarité.

– Ce n'est que justice monsieur le président : n'est-ce pas lui qui a créé l'emploi ? Il est donc normal qu'il continue à y trouver un petit bénéfice. Et même s'il n'y en avait pas à son retour, je continuerais à travailler de mèche avec lui, s'il me le demandait, pour l'aider... Parce que des gars aussi honnêtes que Jules, on n'en fait plus à notre époque pourrie !

– Vous l'imaginez empoisonnant quelqu'un ?

– C'est impossible, monsieur le président ! Lui avec une mort sur la conscience ? Il n'en dormirait plus ! Il n'oserait même pas revenir chez nous... Il sait très bien que chez nous, on ne se trompe pas et qu'on ne tue pas ! On laisse ça à d'autres qui ne sont pas de notre milieu. La preuve en est qu'un jour j'ai vu entrer chez Marga un type dont la tête et l'allure ne me revenaient pas. J'en ai fait part à la patronne et aux copains qui ont tous été du même avis que moi. Je vous garantis que ça n'a pas duré longtemps ! On a fait comprendre à l'inconnu qu'on ne voulait pas de lui et qu'il devait déguerpir en vitesse. Huit jours plus tard sa photo était en première page des journaux : il venait d'être arrêté pour avoir tué une fille dans le quartier du Vieux-Port ! Vous voyez bien qu'on a du flair ! Alors comment voulez-vous que nous puissions nous tromper sur un Bournol qui a opéré pendant quinze ans dans le bar !

– Voilà un argument qui ne manque pas de valeur. C'est tout ce que vous avez à dire ?

– J'ai encore ceci à ajouter, monsieur le président : quand Jules reviendra, parce que nous sommes tous persuadés que bientôt nous le reverrons enfin lavé de cette terrible accusation, on lui fera une fête à tout casser ! On pavoisera même s'il le faut... Je vous certifie que l'on en parlera longtemps à Marseille!

– La cour n'en doute pas. Vous pouvez vous retirer.

Max, toujours en sueur, quitta rapidement la barre, où il ne se sentait pas tellement à l'aise, sans regarder personne, même pas l'ami Jules dont le regard était irradié de reconnaisance à son égard. Mais, dans le secret de son cœur, le petit bonhomme au veston étriqué avait, comme la grosse Marga, le sentiment d'avoir bien rempli son rôle.

Victor Deliot n'était pas mécontent : le courant de sympathic qui, à un moment, s'était porté sur Bruno Carvault, revenait progressivement sur la personnalité de son client grâce aux vieux amis. C'était tout ce qu'il avait souhaité en prenant le risque de les faire témoigner.

L'entrée de Fraisette apporta une note assez différente. Elle portait ce strict tailleur noir, lui convenant à merveille, dont elle était vêtue quand Deliot avait fait sa connaissance et qu'il lui avait conseillé de remettre pour se présenter devant la cour, tellement il appréhendait qu'elle n'apparût telle qu'il l'avait vue exerçant son vrai métier devant l'entrée d'un hôtel borgne. N'étant pas non plus maquillée, elle avait retrouvé son apparence de jolie bourgeoise distinguée. Sa voix, aux intonations fermes, ajoutait encore à la bonne impression. Ce fut sans hésitation qu'elle répondit aux questions qui lui furent posées :

– Etes-vous parente avec l'accusé ?

– Je suis son amie depuis cinq années et la mère de sa fille unique qui a quatre ans.

– Vous vivez avec lui ?

– Oui.

– Quelle est votre profession ?

– Secrétaire volante travaillant depuis huit années pour la même maison d'intérim.

– Comment avez-vous fait la connaissance de Jules Bournol ?

– Par hasard. Nous nous sommes tout de suite plu et nous ne nous sommes plus quittés.

– Etiez-vous au courant de ses activités ?

– Il ne m'a jamais caché qu'il gagnait sa vie en collectant des paris pour les courses et les manifestations sportives.

– Ça ne vous a pas inquiétée ?

– Pourquoi l'aurais-je été ? Même s'il gagnait difficilement sa vie, sa profession n'avait rien de déshonorant. D'ailleurs il m'a toujours aidée du mieux qu'il a pu. Avec ce que je gagnais et que je gagne encore par mon travail, nous arrivions à nous en tirer. Ça n'a jamais été le pactole mais nous avions une vie digne qui nous permettait d'élever convenablement notre enfant. Enfin quand on s'aime, ce qui est notre cas, les difficultés de l'existence paraissent plus légères.

– Comprenez-moi bien, madame : quand je vous ai parlé tout à l'heure d'activités, c'est pour que vous nous disiez si, oui ou non, votre ami vous a mise au courant des vols ou même de la tentative de hold-up qu'il préparait ?

– Jamais ! Et j'ai toujours regretté qu'il n'ait pas eu cette franchise qui n'aurait modifié en rien mes sentiments pour lui. S'il l'avait fait, j'aurais été la première à le dissuader de commettre des actes aussi répréhensibles et cela aurait peut-être tout changé ! Je crois que s'il ne m'a rien dit c'est parce qu'il craignait de me faire de la peine. S'il a mal agi, ce fut par désespoir de ne pouvoir nous offrir, à sa fille et à moi, tout ce dont nous pouvions rêver... Je suis sûre que si nous n'étions pas entrées, l'une et l'autre, dans son existence, jamais il n'aurait commis la moindre faute ! Il ne saurait être question ici de Christiane – c'est le nom de ma fille – qui n'est encore qu'une enfant mais peut-être de moi. Souvent, depuis que ses condamnations nous ont séparés, je me suis prise à penser que j'étais peut-être la vraie responsable de tout ce qui s'est passé... Sans être vraiment dépensière, j'avais envie de porter certaines robes que Jules n'avait pas les moyens de m'offrir. Je savais n'être pas trop mal faite... Jules aussi le savait ! Combien de fois ne m'a-t-il pas dit : « Tu es la plus jolie femme de Marseille et je ne peux presque rien pour toi ! Mais un jour, tu verras : je vous gâterai, Chris et toi, et vous aurez tout ce qui vous fera plaisir ! » A mon avis, c'est l'unique raison pour laquelle, après s'être laissé entraîner par de mauvaises relations, il a tenté le coup de la banque.

– Comment vivez-vous, votre enfant et vous, depuis qu'il n'est plus en mesure de satisfaire à vos besoins ?

– Grâce à mon travail. Toutes mes fiches de paye peuvent le prouver.

– Ne pensez-vous pas que ce désespoir de ne pouvoir vous offrir ce que vous désiriez a pu influer sur son comportement à l'égard de son codétenu ?

– Nullement, monsieur le président. Au contraire même... Quand le crime a eu lieu, Jules n'était plus du tout dans un état dépressif : il savait qu'il bénéficierait quelques mois plus tard d'une remise de peine qui lui rendrait la liberté. Je me suis très bien rendu compte, pendant ses quatre jours de permission exceptionnelle pour bonne conduite passés avec nous à Marseille, qu'il avait retrouvé tout son tonus et ne pensait qu'à l'avenir. Pourquoi alors commettre un crime qui n'aurait fait qu'aggraver son cas et éloigner peut-être pour un temps indéfini le moment de sa délivrance ? Quel intérêt aussi pouvait-il avoir à tuer cet homme qui n'était pour lui qu'un inconnu ? Enfin – et cela je tiens à l'affirmer – malgré son apparence un peu rude Jules est l'être le plus doux du monde ! Jamais je n'aurais pu supporter de partager la vie d'un homme manquant d'attentions et de délicatesse. Je me suis sentie pleinement heureuse auprès de lui le jour même où nous nous sommes rencontrés et, depuis, je n'ai jamais eu à me repentir de l'avoir choisi pour protecteur.

– Qu'entendez-vous par ce terme ?

– Pour moi, monsieur le président, un protecteur n'est pas celui qui, selon une interprétation vulgaire du terme, vit de l'argent que lui rapporte le commerce des charmes d'une femme mais plutôt un homme véritable qui est assez fort pour défendre moralement et physiquement sa compagne ainsi que tout enfant qu'il peut avoir d'elle. Jules est de cette trempe. C'est pourquoi ni ma fille ni moi ne pouvons plus nous passer de sa présence. Je ne sais ce que nous deviendrions si sa détention se prolongeait ! Je vous en supplie, messieurs de la cour, ainsi que vous, mesdames et messieurs les jurés, rendez-le-nous ! Ne prolongez pas un supplice que nous ne méritons pas en condamnant un homme innocent du crime qui ne lui est reproché que parce que l'on n'a pas réussi à trouver le véritable assassin, ce qui est monstrueux ! Laissez aussi Jules Bournol mener auprès de ceux qui lui sont chers, une existence dont la dignité effacera ses fautes passées qui, après tout, ne furent que vénielles et permettez-moi de vous faire une dernière confidence que je n'ai livrée à personne, pas même à son défenseur ! Quand, grâce à l'intervention de ce dernier et à la compréhension de monsieur le juge d'instruction commis pour cette affaire, j'ai pu bénéficier de l'autorisation de rendre visite à Fresnes à celui qui est pour moi « mon mari », la première question à laquelle je lui ai demandé de me répondre fut de me promettre qu'il n'avait pas tué cet homme. Il l'a fait en ajoutant, les larmes aux yeux : « Comment toi, qui m'as toujours dit que tu m'aimais, peux-tu me poser une pareille question ? » A la seconde même, j'ai eu honte de l'avoir fait.

– La cour vous remercie, madame. Vous pouvez vous retirer.

Au fur et à mesure que l'audition des témoins à décharge se poursuivait, Victor Deliot était de plus en plus satisfait. La déposition mesurée de Fraisette s'était révélée excellente : elle n'avait surtout pas été entachée de larmoiements superflus. L'ultime appel à la clémence de la cour avait eu d'autant plus de force qu'il avait été fait avec calme. Deliot n'en attendait d'ailleurs pas moins de celle dont il avait déjà pu mesurer l'étonnante maîtrise d'elle-même. Fraisette avait même réussi à donner l'impression de n'avoir toujours gagné sa vie que grâce à son métier de secrétaire. A aucun moment la cour et l'assistance n'avaient pu imaginer qu'une femme, à l'apparence aussi nette et aussi sincère, pouvait exercer une tout autre profession! Ceci était très important pour « le bon Jules » qui se trouvait débarrassé du risque supplémentaire d'être considéré comme étant un proxénète : ce qui aurait singulièrement terni l'image plutôt flatteuse jusqu'à ce moment de sa personnalité que chacun des témoins venant de se succéder, n'avait fait qu'améliorer. Et, par une chance extraordinaire sur laquelle – Deliot lui-même était prêt à le reconnaître – le défenseur avait toujours compté, personne ne s'était présenté dans le camp de l'accusation ou avait même écrit au juge d'instruction pour révéler que le « très honnête » Bournol n'était en réalité qu'un authentique « protecteur » au sens qu'avait su éliminer, dans sa déposition et avec une extrême habileté, la jeune femme. Fait encore plus curieux : dans le dossier établi sur Bournol et dont Deliot avait pris connaissance chez le juge d'instruction avant d'accepter de le défendre, il ne se trouvait aucune pièce mentionnant l'activité cachée du truand dont la seule profession mentionnée était celle de bookmaker. Cela pouvait être dû à une raison : grâce à sa prudence et à son sens inné de la dissimulation, Fraisette – la prostituée – avait réussi à échapper au contrôle de la brigade des mœurs et à ne pas être fichée. Ce qui devait être un cas plutôt exceptionnel à Marseille où elle opérait pourtant depuis des années! Grâce à ses fameuses « fiches de paie » dont elle avait pris bien soin de parler devant la cour, elle avait pu se blanchir en justifiant une source avouable de revenus. Enfin n'existe-t-il pas, entre le milieu et la police, de ces accommodements qui sont toujours possibles?

La curiosité secrète de Deliot à l'égard de la personnalité hors du commun de la compagne de son client ne faisait que grandir... Curiosité doublée d'une sorte d'admiration pour une femme qui savait modifier complètement son apparence physique si c'était nécessaire, qui n'était pas du tout la même lorsqu'elle recevait la visite impromptue du défenseur de son souteneur ou quand elle stationnait quelques heures plus tard devant un hôtel de passe, qui enfin, tout en possédant une réserve de bons du Trésor et un compte en Suisse, n'avait pas craint d'affirmer devant la cour qu'elle ne faisait vivre sa fille et elle-même que de son travail de secrétaire travaillant chez elle pour le compte d'une société d'intérim... Dans son genre, cette jolie fille se révélait de plus en plus surprenante.

Le dernier témoin, venu à la demande de la défense, était entré avec cette même discrétion et cette même démarche éthérée qu'il avait déjà eues le jour où Victor Deliot était venu lui rendre visite dans le petit salon d'un luxueux hôtel particulier situé dans une ville provinciale du Sud-Ouest.

Thérèse Vifral, vêtue d'un tailleur noir aussi strict que celui de Fraisette, n'étalait pas sur ses épaules toute la blondeur de sa longue chevelure, qui la faisait ressembler à une fée d'une époque révolue. L'or qu'elle contenait était caché sous un lourd chignon retombant sur la nuque légère et surmonté d'un feutre, noir lui aussi, dissimulant partiellement le visage diaphane. La seule expression de vie provenait des yeux, d'un bleu limpide, dont le regard exprimait alternativement l'étonnement de se trouver face à la solennité d'une cour d'assises et la pudeur d'avoir à répondre en public à certaines questions qui lui seraient certainement posées. Une très nette impression de timidité se dégageait de celle, menue et frêle, qui s'était approchée doucement de la barre.

– Madame Vifral, commença le président après qu'elle eut décliné de sa voix très douce son identité et levé sa petite main gantée de noir pour jurer elle aussi de ne dire que la vérité, la cour estime que si vous avez manifesté le désir d'apporter votre témoignage dans une affaire criminelle qui ne vous concerne qu'assez indirectement, ce ne peut être que pour une raison très sérieuse?

– En effet, monsieur le président. Même s'il n'est pas question pour moi d'être ici pour contribuer à ce que soit reconnue l'innocence d'un accusé que je ne connais pas, que je n'ai encore jamais vu et dont je n'ai entendu parler par les journaux et la radio qu'au moment du crime qui lui est imputé, j'estime qu'il est de mon devoir d'affirmer devant cette cour que je suis profondément indignée par ce procès.

– Expliquez-vous, madame.

– D'après tout ce que j'ai entendu dire – comme tout le monde – des raisons qui ont motivé ce procès, il semble nettement apparaître que Jules Bournol n'a été mis en accusation que sur des soupçons, très graves certes, puisqu'il est considéré comme ne pouvant être que le seul criminel possible, mais est-ce bien suffisant ? On m'a toujours appris, alors que je faisais moi-même ma capacité en droit à la faculté de Bordeaux, que l'on ne doit pas étayer une accusation de crime uniquement sur des présomptions, même si celles-ci sont nombreuses, et que l'on ne peut juger que sur des faits réels ! Que Bruno Carvault ait été assassiné, c'est probablement sûr puisque c'est la conclusion de l'enquête qui a été certainement conduite avec la plus extrême rigueur, mais que son meurtrier soit, sans aucun doute possible, l'homme que vous êtes appelés à juger aujourd'hui me paraît plus douteux. Dès lors je me demande si, malgré une attente de six mois, il n'y a pas eu un peu trop de précipitation et s'il n'aurait pas mieux valu attendre encore pour permettre aux enquêteurs de trouver enfin la preuve formelle qui fait défaut ?

– Quelle preuve, madame ?

– Je ne sais pas, moi... Je m'étonne, par exemple, que dans toutes les relations qui ont été faites ces derniers mois dans la presse – et que j'ai lues avec la plus grande attention puisqu'il s'agit de la disparition de l'assassin de mon fils – il n'ait pas été fait une seule fois mention de la découverte, soit sur les détenus assurant la corvée de soupe, soit sur Bournol lui-même, soit même à proximité de la cellule ou enfin dans la cellule où s'est produite la mort instantanée, de l'emballage qui a contenu le poison ? Du cyanure, puisque l'examen des aliments absorbés par le défunt et celui de ses propres viscères ont prouvé qu'il s'agissait bien là du poison utilisé, ne se transporte pas, même en dose très concentrée sous la forme de poudre ou en capsule, sans être isolé de tout contact avant qu'il ne serve ! Il n'est pas nécessaire d'être un chimiste consommé pour savoir que le moindre contact direct avec de l'acide cyanhydrique ou l'un de ses dérivés risque d'apporter des désagréments immédiats à celui qui le manipule ! Alors comment voulez-vous qu'un Bournol ou tout autre ait pu transporter un poison aussi violent sans prendre lui-même d'élémentaires précautions ? Et la seule précaution possible a été l'emballage...

– La cour reconnaît, madame, qu'une telle remarque ne manque pas de pertinence. Seulement l'acte d'accusation – qui a été lu au début de ce procès et dont vous n'avez pu prendre connaissance n'étant pas autorisée, en votre qualité de témoin, à assister à tout le déroulement du procès – a formellement expliqué qu'en dépit des minutieuses recherches effectuées immédiatement après le crime, on n'a pas pu trouver le moindre contenant du poison aussi bien sur les hommes de la corvée de soupe que sur Bournol, ni à proximité de la cellule ou dans cette cellule elle-même ! A ce propos, je me permets de vous signaler que toutes les cellules des prisons de France sont fouillées de fond en comble deux fois par jour par des équipes de spécialistes.

– Si je me suis permis d'attirer l'attention de la cour sur ce point, c'est uniquement parce que je pense qu'il est déjà assez troublant en lui-même pour mériter réflexion et nullement pour mettre en doute la parfaite application des règlements par une admnistration pénitentiaire dont je n'ai pas à apprécier la compétence.

– Mais enfin, madame, où voulez-vous en venir ?

– A ceci, monsieur le président : la mise en œuvre d'un tel procès me paraît aussi hasardeuse que néfaste...

Hasardeuse parce qu'elle ne s'appuie, je le répète et le répéterai toujours, sur aucune preuve formelle de la culpabilité de l'accusé... Néfaste parce qu'elle remue dans l'opinion publique une boue écœurante qu'il aurait été sans doute préférable de laisser stagner jusqu'à ce qu'elle se perde dans l'oubli. Vous ne pouvez savoir le nombre d'appels téléphoniques et de lettres anonymes que j'ai reçus chez moi depuis le jour où ce nouveau crime a été révélé par la presse, la radio et la télévision ! Des gens, que je ne connaissais absolument pas et qui prenaient bien soin de ne pas révéler leur identité, m'ont écrit ou m'ont dit des phrases de ce genre : *Alors ça y est enfin ! Votre petit garçon est vengé... Ce que vous devez être contente ! Ce type qui a tué le salopard dans sa cellule est un véritable héros ! On devrait le mettre tout de suite en liberté !* Il y en avait même qui me félicitaient... Ce fut affreux ! Et ça continue encore ! Pas plus tard qu'hier, avant que je ne parte pour Paris, une femme m'a téléphoné pour me demander : « J'espère que vous allez assister au procès qui commence demain ? Si j'étais à votre place, j'exulterais de voir celui qui a eu le courage de rétablir une réelle justice qui n'a pas été rendue il y a dix ans... Vous pouvez être certaine, madame Vifral, que toutes les mamans de France et même d'ailleurs pensent comme moi et sont de tout cœur avec vous... » Ne pensez-vous pas que c'est épouvantable d'entendre des choses pareilles quand mon seul désir n'a été que de pardonner et, si c'était possible, d'oublier l'horreur que j'ai connue... Si je suis restée volontairement cloîtrée dans ma solitude pendant ces dix dernières années, c'était pour éviter que les gens, parmi lesquels il y en aurait certainement eu de bien intentionnés, ne me reparlent de la mort de mon enfant. J'avais le droit d'espérer que les autres au moins auraient oublié avec le temps... Et voilà que, par la seule faute de ce procès, tout recommence ! Si vous aviez vu tout à l'heure, quand je suis arrivée le plus discrètement que j'ai pu à ce palais, les photographes qui m'épiaient partout et la foule qui m'attendait pour voir comment c'est fait une mère dont l'enfant a été assassiné... J'ai été contrainte de me voiler le visage avec ce foulard! Si Me Deliot n'avait pas été là pour m'accueillir et me soutenir, je crois que je me serais effondrée! A un moment, j'ai même failli m'enfuir pour retourner vers mon isolement mais Me Deliot m'a retenue en me disant : « Je vous en supplie, madame, ne faites pas cela! Il s'agit de la liberté d'un homme pour qui votre témoignage peut être capital... Vous devez tenir jusqu'au bout et vous présenter devant la cour quand viendra votre tour. Le seul fait que vous ayez le courage de vous déplacer pour dire, avec l'admirable franchise qui vous caractérise, tout ce que vous pensez de l'opportunité de ce procès risque d'avoir une répercussion considérable sur les débats. Soyez forte, madame! »

» Et je suis là non pas pour qu'un crime reste impuni, mais pour que cette fois au moins la justice soit rendue avec équité. Loin de moi, monsieur le président, toute idée de vengeance! Je pense aussi à la mère de celui qui, comme mon fils, n'est plus. Les heures qu'elle connaît en ce moment, je les ai vécues longtemps avant elle... Et je pense être mieux placée que quiconque pour savoir que ce n'est pas en se réjouissant du malheur des autres que l'on retrouve son propre bonheur! Je vous en conjure, messieurs de la cour ainsi que vous, mesdames et messieurs les jurés, réfléchissez bien avant de rendre votre verdict. J'ignore si l'accusé est coupable ou non mais si, dans votre esprit, il y avait le moindre doute, n'hésitez pas! Sachez faire preuve de clémence! Faites qu'il n'y ait pas une lourde erreur : je crois que c'est cela, la justice. Ce ne sera qu'à ce prix que l'on ne parlera plus jamais de la sinistre « affaire Carvault », que l'on ne m'importunera plus et que je pourrai enfin bénéficier de la paix dont j'ai besoin. Je crois aussi que c'est mon petit Serge, de là où il est maintenant, qui m'a conseillé avec toute sa pureté, dans le subconscient de mon cœur, de venir témoigner. J'ai l'impression de l'entendre, me disant : « Maman, tu dois aller à ce procès pour éviter qu'une injustice ne soit commise. C'est moi qui te le demande! Je sais qu'il y a longtemps que tu as pardonné comme moi. Essaie d'oublier ce qui nous est arrivé pour ne plus penser qu'à faire ton devoir de femme qui a sûrement réfléchi aux conséquences d'un jugement. Si moi-même j'avais pu revenir, j'aurais demandé que Bruno, qui fut mon grand ami et qui m'a si souvent fait jouer avec lui, soit acquitté... Alors pourquoi laisser accabler aujourd'hui celui qui ne l'a peut-être pas tué? »

Thérèse Vifral ne pouvait plus parler. Les sanglots l'étouffaient. Ce fut avec douceur que le président lui dit :

– Madame, la cour vous remercie pour votre témoignage qui démontre que souvent ce sont ceux qui ont le plus souffert qui savent faire preuve de plus de grandeur d'âme. Vous pouvez vous retirer.

Le visage encore plus diaphane qu'à son entrée, elle s'en alla, dans un silence écrasant – telle l'émanation d'un passé qui ne veut plus revivre – pour retourner vers l'oubli qu'elle avait choisi.

Après son départ, le président annonça que l'audience était suspendue et que les débats reprendraient le lendemain à 14 heures. Pendant que la cour se retirait, Victor Deliot se leva pour se retourner vers son client auquel il confia avant que les gendarmes ne l'emmènent :

– Vous venez de faire connaissance avec le témoin-surprise dont je n'avais pas voulu vous révéler l'identité. Je pense que vous avez pu mesurer le poids de sa déposition... Fraisette aussi a été très bien. Tous vos amis ont d'ailleurs été parfaits. Ce qui fait que l'ambiance générale nous est infiniment plus favorable qu'au début. Je ne peux pas encore augurer de l'issue mais je n'ai pas une mauvaise impression : la tâche du ministère public ne sera pas facile! Continuez surtout à rester calme et essayez de dormir à Fresnes, si vous le pouvez, sans ruminer dans votre tête tout ce qui a été dit devant vous aujourd'hui. La sérénité d'un accusé semble indiquer qu'il a la conscience tranquille : c'est une bonne note. A demain.

Le procès reprit avec le réquisitoire de l'avocat général qui – Deliot l'avait prévu – ne put étayer les motifs d'accusation que sur le fait flagrant qu'on ne pouvait nier qu'il y avait eu un crime et que, lorsqu'il y a crime, il existe obligatoirement un coupable. Selon lui et à la suite de l'enquête faite, le seul coupable possible ne pouvait être que Jules Bournol. Sa conclusion fut :

– Ce sera à vous, mesdames et messieurs les jurés, de décider en votre âme et conscience si ce coupable est l'homme que vous avez devant vous. Si vous estimez que c'est lui, il mérite l'un des lourds châtiments prévus en fonction de l'article 302 du Code pénal, mais si vous avez un doute, n'oubliez pas que votre verdict ne peut en aucun cas, puisqu'il s'agit de la mort d'un homme, s'accommoder d'une demi-mesure qui condamnerait Jules Bournol à une peine relativement minime. Ou il est coupable d'avoir empoisonné Bruno Carvault ou il ne l'est pas ! Si, selon vous, il ne l'est pas, il devra bénéficier en toute justice d'un acquittement qui le lavera de tout soupçon. Est-ce vraiment là ce que vous voulez ? Est-ce ce que demande la société et ce qu'exige le respect de la vie humaine ? Peut-on admettre qu'un homme soit tué impunément sans qu'il y ait de sanction ? Quels qu'aient été les torts passés de Bruno Carvault, il avait droit à cette vie qu'une autre cour d'assises lui avait laissée. Sachant que votre choix va être difficile, le ministère public s'en remet au fruit de vos sages délibérations.

L'important pour le défenseur était que ni la peine capitale ni même la réclusion à perpétuité n'avaient été requises. D'ailleurs, de la façon dont le procès s'était engagé sans que la preuve formelle de meurtre accablant Bournol ait pu être établie aussi bien par l'acte d'accusation que dans les dépositions des témoins, le représentant du ministère public se trouvait dans l'impossibilité de les demander. L'acquittement ne dépendait plus que de la plaidoirie.

Plaidoirie simple et mesurée pendant la première partie de laquelle Deliot s'attacha surtout à valoriser la personnalité de Bournol en reprenant une par une les dépositions de ceux qu'il avait fait citer et qui toutes, sans exception, démontraient que le truand, repentant depuis sa condamnation pour le hold-up manqué, n'était nullement un homme perdu mais plutôt un pauvre homme méritant non seulement l'indulgence du jury mais même une certaine compassion.

Le ton de l'avocat se fit plus véhément par la suite :

– Maintenant que la cour ainsi que mesdames et messieurs les jurés connaissent mieux Jules Bournol, il me paraît indispensable, avant que n'ait lieu la délibération d'où sortira le verdict, de jeter un certain éclairage sur un point essentiel de ce procès qui, à mon avis, est resté quelque peu au second plan depuis son commencement... Il s'agit du moment du crime lui-même.

» Comme nous l'a très bien fait comprendre monsieur l'avocat général, lorsqu'il y a crime, il y a un criminel ! Seulement ce véritable auteur du crime, nul ne peut affirmer, dans l'état actuel des débats et après l'enquête effectuée pendant des mois, qu'il ait été effectivement trouvé... Aussi dois-je confier que, depuis le premier jour où j'ai été appelé à me pencher sur cette affaire, je me suis souvent demandé s'il s'agissait réellement d'un crime ou d'un suicide ? Ce qui, au cas où cette deuxième hypothèse prévaudrait, expliquerait pourquoi il est absolument impossible de trouver un autre criminel que ce malheureux Bournol ! Il n'y aurait pas de criminel du tout ! Il ne resterait qu'un homme, Bruno Carvault, qui, n'en pouvant plus de supporter sa condamnation et hanté par le remords, a fini par craquer. Mot qui me paraît être le seul juste.

» Craquer ? C'est-à-dire mettre lui-même brusquement fin à ses jours pour échapper au triste destin que lui a imposé la justice des hommes... Si l'on veut bien réfléchir, celui qui, dans la cellule, avait le plus de facilité pour accomplir le geste libérateur était Carvault lui-même ! Même cet emballage, dont a parlé Mme Thérèse Vifral pouvait être insignifiant, surtout s'il s'agissait d'une capsule ! Ce n'était qu'une frêle enveloppe de papier qu'il a très bien pu déchirer en morceaux infimes quelques secondes avant l'arrivée de la corvée de soupe qui, comme cela se passe dans toutes les prisons, respecte un horaire rigoureux. Avaler ces minuscules bouts de papier, presque une poussière de papier, était aisé. Mâchés et décomposés, ils n'ont laissé aucune trace au moment de l'examen des viscères du corps qui n'a pu être effectué, au plus tôt, qu'une heure ou deux après la mort. Tenir, cachée dans la paume de sa main après avoir libéré de son emballage, la capsule jusqu'à ce qu'il la jette dans la gamelle qu'on venait de lui remettre fut pour Carvault un jeu d'enfant que ne purent remarquer ni les gardiens, ni les hommes de la corvée, ni Bournol lui-même occupé à recevoir sa propre ration.

» Et pourquoi Carvault aurait-il laissé un message expliquant son geste ? Celui-ci se suffisait amplement à lui-même : ne disait-il pas tout ? Qui ne comprendrait ici qu'une mère ait cherché à exclure devant nous le geste d'autodestruction interdit par sa religion puisque son fils lui avait promis de ne pas le faire ! Mais entre une promesse faite à une maman inquiète, que l'on a en face de soi dans un parloir de prison, et les interminables heures de solitude désolée où l'on se retrouve lorsqu'elle n'est plus auprès de vous, il y a un monde pendant lequel mille pensées désespérées peuvent surgir ou revenir avec une force accrue dans le cerveau d'un condamné ! Rien ne prouve non plus que le malheureux n'ait pas cru qu'il valait mieux par ce geste mettre un terme définitif à la souffrance que représentait pour sa mère ces effroyables visites hebdomadaires ? N'était-ce pas la libérer, elle aussi, du poids d'un passé qui ne pouvait que la miner comme cela avait été le cas pour son mari ? Plutôt que le reniement de la parole donnée de ne pas attenter à ses jours, n'était-ce pas le moyen radical de la débarrasser définitivement de l'opprobre et de la honte qui rejaillissaient indirectement sur elle depuis des années ? Nul, à l'exception de Dieu, ne peut savoir ce qui s'est passé dans le cerveau de Bruno Carvault... Un Dieu qui l'a certainement jugé avec une clémence et une mansuétude que ne peuvent pas connaître les hommes.

» ... Comment le désespéré a-t-il pu se procurer le poison qui a été l'arme de sa propre mort ? Peut-être l'avait-il dissimulé depuis longtemps dans l'une de ces cachettes insoupçonnées que seuls savent inventer ceux qui n'en peuvent plus d'être prisonniers et qui trouvent, dans leur désespoir même, le génie de cacher à ceux qui ont la mission de les surveiller et de les fouiller régulièrement, ce qu'ils savent être le tout dernier atout pour la grande délivrance ? Combien de prisonniers politiques ou de droit commun n'ont-ils pas usé de ce stratagème suprême, depuis qu'existent les prisons, pour échapper enfin au terrifiant destin terrestre qui leur était réservé ? Et Carvault avait connu assez de prisons pendant ses dix années de détention pour ne pas y avoir trouvé quelqu'un – un autre détenu ayant eu droit à une permission, un visiteur ou même pourquoi pas un gardien qui, ayant été envahi d'une immense pitié pour une telle détresse morale et physique, a cru que son simple devoir d'être humain était de jouer l'intermédiaire apportant au condamné à vie le moyen de se libérer enfin de tout au moment où il ne pouvait plus supporter l'idée de vivre ? Tout cela messieurs les jurés, mérite réflexion.

» Le suicide de Bruno Carvault est la seule explication plausible de son décès, la seule aussi qui remette les faits à leur véritable place. Si vous l'admettez, il n'y a plus de crime ! Donc Jules Bournol devient innocent du meurtre qu'on lui impute et vous serez contraints de l'acquitter. Juste verdict qui lui permettra de sortir d'ici la tête haute et de rejoindre sans tarder, grâce à cette libération anticipée à laquelle il a droit pour sa bonne conduite depuis trente mois, ceux qui l'aiment : sa compagne tellement dévouée, son enfant et ses amis qui l'attendent pour l'aider à refaire sa vie et surtout à oublier son passé.

Le vieil homme se rassit, essuyant une nouvelle fois ses lunettes qu'il ne remettrait que pour le retour de la cour et des jurés qui se retiraient pour délibérer. Il estimait avoir dit tout ce qu'il fallait pour sauver son client.

La délibération ne fut pas tellement longue malgré l'attente qui parut interminable comme c'est toujours le cas lorsqu'il s'agit d'un verdict d'assises. Enfin la cour revint.

– Accusé, levez-vous...

Et, dans le silence où la crainte de la condamnation se mêle à l'espoir de liberté, le verdict fut rendu. A l'unanimité des voix, Jules Bournol était déclaré non coupable. Annonce qui fut saluée d'applaudissements dans l'assistance. Deliot se redressa pour prendre les deux mains de son client en lui disant :

– Vous allez retourner à Fresnes pour que l'on puisse y procéder à votre levée d'écrou et, bénéficiant de la liberté anticipée promise, vous pouvez avoir la certitude de retrouver Fraisette, Chris et tous vos supporters du Café des Amis au plus tard dans quarante-huit heures.

– Maître, je ne sais comment vous remercier ! J'ai eu un drôle de flair quand je vous ai écrit de Melun !

– Maintenant vous pouvez me le dire sincèrement, Bournol : qui vous a donné l'idée de vous adresser à moi ?

Après une courte hésitation le truand répondit :

– Je vous l'ai expliqué dans ma lettre, maître... C'est M. Perrin.

– Uniquement lui ?

– Je me souvenais aussi des deux procès d'assises où vous aviez déjà plaidé...

Et comme le regard du vieil homme semblait exprimer un certain doute, il s'empressa d'ajouter :

– Il y a également un ami qui m'a parlé de vous quelque temps avant que cette nouvelle affaire ne me tombe sur le dos.

– Quel ami ?

– Vous ne le connaissez pas : il ne fait pas partie de la bande des copains marseillais.

– Je vous en veux un peu... Vous avez un pareil ami dont vous ne m'avez pas parlé ?

– Ça n'aurait servi à rien : il n'aurait jamais consenti à venir témoigner en ma faveur !

– Alors ce n'est peut-être pas tout à fait un ami ?

– Disons plutôt que c'est une relation... maître, vous pensez qu'on me laissera embrasser Fraisette avant que je ne remonte dans le fourgon cellulaire qui doit me ramener à Fresnes ?

– Mais oui ! Elle doit vous attendre quelque part par là dans un couloir... Ces messieurs aussi vous attendent...

Il avait désigné les gendarmes qui l'encadraient.

– Seulement cette fois, c'est pour vous entraîner sur le chemin de la libération.

– Il y a encore une chose, maître, dont vous avez eu la discrétion de ne jamais me parler pendant toute la durée de cette affaire : vos honoraires... Il faudrait quand même que nous nous mettions d'accord sur ce point pour que je commence à vous payer... Bien sûr, je ne pourrai sûrement pas vous régler le tout en un seul versement mais, peu à peu, j'y arriverai... La grosse Marga et le petit Max l'ont bien dit lorsqu'ils ont témoigné : ce n'est pas le boulot qui va me manquer quand je débarquerai à « La Belle de Mai » !

– Très sincèrement, mon cher Bournol, je vous avoue n'avoir pas encore eu le temps de réfléchir à ces questions matérielles et, pour le moment, rien ne presse ! Ce qui importe, c'est que vous ayez retrouvé la joie de vivre. Avec le procureur je vais m'occuper immédiatement de votre remise en liberté.

– Alors, il va falloir que je passe encore cette nuit à Fresnes ?

– Je le crains, hélas ! N'oubliez pas que si vous n'étiez pas le bénéficiaire d'une liberté anticipée, dont l'entrée en vigueur dans les vingt-quatre heures est certaine, vous auriez encore à purger, si je ne m'abuse, cinq bons mois de réclusion pour la condamnation qui vous a été infligée à la suite du hold-up.

– Toujours ce hold-up manqué ! Je crois bien que son souvenir me poursuivra jusqu'à la fin de mes jours !

– Et ce sera très bien ainsi ! Ça vous empêchera de recommencer à faire des bêtises... A demain ! Ce dont je peux vous donner l'assurance, c'est que vous pourrez bientôt faire votre premier déjeuner en ville en compagnie de Fraisette.

– Vous serez des nôtres ?

– Oh ! Moi... Il vaudrait micux que ce soit Chris... Mais vous la retrouverez de toute façon à Marseille où la bonne voisine a dû s'occuper d'elle. Ce qui, en y réfléchissant, ne sera pas plus mal ! Il ne faut pas chercher à profiter de toutes les joies en même temps : ça diminue leur ampleur...

Alors qu'il rentrait chez lui, après avoir été rendre visite au procureur à seule fin que toutes les dispositions pour la libération anticipée et rapide de son client soient prises, Victor Deliot était songeur... Une étrange pensée le hantait : « Et si Bournol, ce « bon » Jules, m'avait menti lorsqu'il m'avait juré de n'avoir pas empoisonné Carvault ? Si c'était vraiment lui, l'assassin ? » Pensée hallucinante qui lui avait effleuré plusieurs fois l'esprit pendant les mois qui avaient précédé le procès, mais qu'il avait toujours écartée en se disant qu'il n'était pas possible qu'un Jules Bournol ait su faire preuve d'une telle félonie à son égard... Mais pourtant, au cours de la préparation de sa défense, l'avocat s'était trouvé en présence de certains éléments ou faits, d'apparence assez bénigne en eux-mêmes, qui n'avaient pas été sans le laisser perplexe... Il n'en avait jamais parlé à son client par crainte que de telles révélations ne le braquent définitivement dans un mutisme qui aurait rendu toute défense impossible.

L'angoissante pensée lui était revenue en tête avec une force accrue dès le commencement du procès et n'avait plus cessé de l'obséder pendant tout son déroulement jusqu'au verdict final : *Et si Bournol était vraiment l'assassin?* Question qui ne prendrait toute sa force que si l'on trouvait une réponse à cette autre question : *Pourquoi aurait-il tué Carvault?*

Arrivé dans le sombre vestibule de son vieil immeuble, Deliot y fut accueilli par sa concierge – dont les manifestations de sympathie à l'égard des locataires étaient plutôt rares – par des exclamations d'admiration où se glissait la fierté d'être la concierge d'un pareil homme :

– Quel succès, maître! J'ai écouté la radio où ils disaient que vous aviez réussi à faire acquitter l'assassin.

– Mais ce n'est pas un assassin, madame, puisqu'il n'a pas été reconnu coupable... N'est pas assassin qui veut!

– Vous vous rendez compte, maître? Tout ce courrier vient d'arriver pour vous en moins d'une heure!

Elle lui présenta un amoncellement de télégrammes et de pneumatiques en ajoutant :

– Il n'y a jamais eu un tel arrivage pour l'ensemble de l'immeuble depuis vingt-trois ans que j'en suis la gardienne. Si vous saviez ce que Mme Langlois est jalouse!

– Qui est-ce?

– La concierge d'à côté, celle du 24 *bis*...

– Je suis très heureux, chère madame, d'être pour vous la cause indirecte d'un tel plaisir!

Il commença à gravir lentement les marches de l'escalier après avoir enfoui dans sa serviette, qui n'avait jamais été aussi gonflée, le flot de messages. Ce qui pouvait être dit dans les dépêches lui importait peu. Sa seule préoccupation était de savoir si celui, qui n'était déjà plus entièrement son client puisqu'il venait d'être acquitté, était oui ou non un criminel?

Entré dans son appartement, il se débarrassa, selon un rituel qu'il pratiquait depuis près d'un demi-siècle et à une cadence qui avait toujours été la même, du feutre informe, du manteau râpé et du cache-col dont il ne se séparait à aucune saison. La serviette avait été posée sur une pile de dossiers. Après avoir retiré ses lunettes pour en essuyer les verres avec un bout du cache-col, il les remit pour lire, plus par acquit de conscience que par curiosité, le contenu des messages qu'il sortit un par un de la serviette et qu'il décacheta sans hâte. Ce n'était qu'un concert de félicitations « émues » ou « confraternelles ». Le vieil homme, désabusé après tant d'années d'exercice du métier, était assez étonné de découvrir qu'il comptait autant d'admirateurs dans le monde en toge. Une amitié qui se révélait au déclin de sa carrière. « Mieux vaut tard que jamais ! » se dit-il. Mais qu'aurait-ce été si son client avait été reconnu coupable ? Car plus il réfléchissait à l'affaire et plus il avait la conviction que le truand avait eu beaucoup de chance de s'en être tiré à un aussi bon compte.

Coupable, le brave Jules ? Peut-être pas le seul coupable et c'était là où l'affaire se compliquait. Il fallait absolument tirer ça au clair ! Sa conscience d'avocat l'y obligeait. Mais alors il allait lui falloir reprendre, pour lui seul et dans le silence de son domicile, tout le procès ! Ceci ne serait-ce que pour son honneur personnel. Ensuite il en tirerait de nouvelles conclusions intimes qu'il livrerait ou ne dévoilerait pas à la justice des hommes. Tout dépendrait du degré de culpabilité de celui à qui il venait d'éviter la condamnation. Si c'était nécessaire, il passerait toute sa nuit à réétudier le crime de Melun, pressentant que quand la lumière du jour reviendrait, il parviendrait peut-être à frôler la vérité ?

Débarrassé de ses vêtements, emmitouflé dans une robe de chambre qui elle aussi n'avait plus d'âge, il s'enfonça dans le fauteuil de sa solitude après avoir retiré une fois encore ses lunettes pour les essuyer sur l'une des manches de la robe de chambre avant de les poser sur une autre pile de dossiers. Il n'avait même pas besoin de leur aide pour être l'observateur attentif du nouveau procès qui allait se jouer à huis clos cette fois et uniquement devant lui : grâce à la lucidité de son imagination il se transformerait tour à tour en accusé, en juge d'instruction, en avocat général, en président de cour, en juré et certainement aussi en défenseur embarrassé qui se sentirait sans doute incapable d'obtenir l'acquittement final.

Les rideaux étaient fermés, les seules lueurs de clarté provenaient de la lampe à abat-jour placée sur le bureau : une clarté très diffuse qui permettrait au cerveau de penser dans une demi-obscurité...

LE PROCÈS QUI AURAIT ÉTÉ PERDU

Il y avait quatre personnages qui semblaient à Victor Deliot être particulièrement intéressants pour parvenir à faire cette révision strictement personnelle du procès : l'accusé sans aucun doute, son amie Fraisette, Thérèse Vifral et quelqu'un qu'il n'avait pas fait citer comme témoin à décharge parce que son rôle, tout en étant capital, avait été plus obscur... Quelqu'un dont la présence à la barre dans le procès qui venait de prendre fin ne se serait pas justifiée mais qui, en revanche – si le procès devait être refait – se révélerait comme ayant été le rouage secret qui avait permis au minutieux mécanisme du crime de fonctionner. Les autres témoins, qu'ils fussent à charge ou à décharge, n'avaient été que des comparses. C'était là, ce soir, une conviction absolue de l'avocat. Et il commença à réfléchir sur la personnalité propre à chacun de ceux ou de celles qu'il estimait être les véritables « vedettes » de l'affaire : ceci dans l'ordre même où leurs visages et leurs sihouettes venaient de se présenter à son esprit.

S'il commençait son raisonnement en partant du principe que l'accusé, Jules Bournol, ne lui avait pas dit la vérité et se trouvait être effectivement le meurtrier de Bruno Carvault, la succession des faits ayant motivé son crime se déroulait avec une logique assez surprenante.

Bournol, c'était certain, n'était pas un criminel-né. Rien, dans l'existence qu'il avait menée avant la mort de son codétenu, ne l'indiquait. Jusqu'à cette minute il s'était contenté de vivre en truand calme auquel suffisent de petites escroqueries faites dans l'exercice de sa profession de bookmaker et qui tente, de temps en temps, certains coups plus ou moins bien orchestrés pour essayer d'améliorer financièrement son ordinaire et, depuis quelques années, celui de deux créatures qu'il chérissait : Fraisette et la petite Chris.

Quand il avait tué Carvault, il ne l'avait fait qu'en assassin d'occasion. Crime dont il était même incapable d'avoir eu seul l'idée et qu'il n'avait accompli que parce qu'on le lui avait suggéré. Et, pour qu'il acceptât d'être l'instrument de ce crime, il avait fallu qu'il y eût été incité par un puissant moteur, peut-être même par deux... Ayant appris, pendant les mois qui venaient de s'écouler, à connaître le caractère et la mentalité de son client, Deliot ne voyait que deux raisons capables de l'influencer au point de lui faire commettre le pire : l'amour et l'argent.

Que « le bon Jules » fût amoureux éperdu de la jolie Fraisette et un père complètement fou de sa fillette était une double évidence. Il ne pouvait donc avoir tué qu'en fonction d'elles et pour elles... Et comme Chris n'en était pas encore à l'âge où l'on peut tout exiger d'un homme, il ne restait que Fraisette pour avoir agi sur sa volonté... Une Fraisette qui, sans avoir peut-être été l'instigatrice du crime, avait joué le rôle de l'intermédiaire précise qui n'avait pas hésité à dire à son amant sensiblement plus âgé qu'elle et dont elle devait faire à peu près ce qu'elle voulait : *Il faut que tu supprimes cet homme : ce sera pour nous trois le moyen d'être enfin heureux !*

Le bonheur pour une Fraisette fine, intelligente et ambitieuse ne pouvait être que de posséder un gros magot. Bournol n'avait-il pas confié qu'elle avait commencé à placer ses économies en bons du Trésor et qu'elle possédait depuis quelques années déjà, un compte numéroté en Suisse ? Révélation qui n'avait pas été sans laisser l'avocat songeur... Parbleu, le compte en Suisse ! Ne serait-ce pas la cachette idéale et rentable pour déposer et faire fructifier le magot récolté pour avoir fait disparaître un Bruno Carvault ? Qui pourrait se douter que le couple Fraisette-Bournol – qui avait eu l'intelligence de ne modifier en rien son train de vie en continuant à habiter dans la très modeste demeure de la banlieue marseillaise – possédait maintenant de solides réserves à l'abri de toutes les indiscrétions ?

Qu'une Fraisette ait un intérêt personnel à ce que Carvault, qu'elle ne connaissait pas et avec lequel elle n'avait certainement jamais eu le moindre rapport, soit supprimé, n'était guère concevable. Elle n'avait aucune raison de lui en vouloir à mort pour le crime dont il s'était rendu coupable dix années plus tôt. Ce qu'elle avait cherché, c'était à toucher le substantiel intérêt d'un crime... Mais qui alors, ne pouvant commettre en personne le forfait – par crainte d'une enquête qui pourrait devenir dangereuse et peut-être aussi de représailles éventuelles – et ayant également réalisé que l'occasion inespérée, faisant suite à une patiente attente, se présentait enfin en la personne de ce codétenu qui se trouvait en contact direct avec l'assassin du petit Serge, pouvait avoir remis à l'équipe Fraisette-Bournol la forte somme capable d'annihiler tous les scrupules ? Aussi incroyable que cela pouvait paraître, Victor Deliot ne voyait qu'une seule personne : Thérèse Vifral.

Une Thérèse Vifral qui, sous son apparence résignée, avait longuement mûri son projet. Qui sait ce qui peut se passer dans le cœur d'une mère frustrée du fruit de ses entrailles ? Une femme qui en réalité, malgré l'attitude voulue qu'elle avait su prendre aussi bien dans son boudoir devant Deliot qu'hier-même en présence de la cour, n'avait jamais pu pardonner... Ecœurée secrètement par le jugement qui n'avait pas châtié, comme elle le souhaitait de toute son âme vengeresse, celui qui lui avait ravi pour toujours l'amour et l'affection de son unique enfant, pourquoi cette femme n'aurait-elle pas pris depuis longtemps l'implacable décision de rendre elle-même la justice ? Elle-même ? Ce serait difficile et presque impossible. Si elle abattait Carvault après avoir attendu pendant des années le moment où, libéré il ne serait plus à l'abri des barreaux – telle une louve qui se terre et qui patiente sournoisement pour mieux tuer ceux qui ont massacré sa portée – elle serait arrêtée, condamnée ou peut-être même acquittée à la suite d'un procès où le scandale rejaillirait à nouveau, éclaboussant pour toujours son auréole de mère martyre. Il fallait donc qu'elle se serve d'un intermédiaire inconnu de tous, de quelqu'un n'ayant rien eu à faire avec le procès d'infanticide. Et si, en plus de ce besoin absolu de vengeance, s'était glissé dans le cœur de cette femme un autre sentiment ? Mais alors l'assassinat de Bruno Carvault deviendrait une chose monstrueuse !

Victor Deliot en avait des sueurs froides. A plusieurs reprises déjà, depuis qu'avait commencé son étrange méditation, il s'était passé d'un geste machinal la main sur son front. Tout cela devenait atroce ! Et cependant ce devait être la vérité. L'avocat ne pouvait pas oublier la façon dont Thérèse Vifral, lorsqu'elle l'avait reçu chez elle, lui avait décrit le charme de Bruno Carvault, ce garçon blond aux yeux bleus et de deux ans son cadet qui venait lui rendre visite avec sa mère et qui jouait aussi gentiment dans le jardin avec Serge alors qu'elle-même était déjà une jeune veuve. Il y avait eu dans la voix de Thérèse, quand elle lui racontait cela, un certain attendrissement qui n'avait pas été sans surprendre le vieil homme. C'était presque à croire qu'elle regrettait ces moments où Bruno évoluait dans son intimité... Il était assez peu probable que lorsque la jolie secrétaire s'était fait épouser quelques années plus tôt par le richissime Jacques Vifral, elle l'ait fait uniquement par amour. La différence d'âge était trop grande. Ce qui avait surtout dû la fasciner était de devenir Mme Vifral, avec tous les avantages sociaux et matériels que lui apportait une telle union.

Une année plus tard, la naissance de Serge avait sensiblement consolidé sa situation. Ensuite il y avait eu le veuvage alors qu'elle possédait une grosse fortune et qu'elle était de plus en plus attrayante. Une très jeune veuve bénéficie d'une sorte d'auréole qui la rend parfois plus désirable que toute autre femme... Et Bruno Carvault « ce très bon fils » comme l'avait dit sa propre mère devant la cour, possédait alors, sous ses apparences de timidité et d'obéissance absolue à celle qui lui avait donné le jour, ce charme des êtres faibles qui ne peut que séduire une jeune veuve esseulée... Pourquoi alors ne se serait-il pas passé une chose des plus normales ? Follement désireuse de faire connaître à ce jeune homme bien élevé et un peu taciturne les joies rares de découvrir les tendres caresses et la douce présence d'une femme qui avait été mariée et qui avait aussi donné la vie, Thérèse était devenue la maîtresse de Bruno... Les nombreuses visites faites alors par ce dernier dans la belle demeure des Vifral sous le charmant prétexte d'être le grand compagnon de jeux du tout petit Serge n'avaient été en réalité qu'une feinte destinée à sauver les apparences... Il était certain que le souvenir d'une pareille liaison pouvait devenir, à la suite des événements qui se précipitèrent, la raison profonde et impérieuse de l'assassinat dix années plus tard de l'ancien amant...

Que s'était-il passé entre-temps ? Mais tout simplement que, Bruno, dévoré lui aussi par le besoin d'être riche, n'avait pas été long à réaliser que si la jeune veuve l'acceptait volontiers pour amant, jamais elle ne consentirait à l'épouser pour lui apporter la fortune des Vifral ! D'abord elle avait un enfant portant le nom illustre et assurant la lignée... Ensuite elle était beaucoup trop ambitieuse et beaucoup trop flattée d'être la belle « Madame Vifral » pour consentir à devenir l'épouse d'un Bruno Carvault qui n'était, après tout, que le rejeton de petits bourgeois dont le nom n'avait aucune commune mesure avec celui qui s'étalait sur une grande usine !

Dépité, comprenant que son charme d'adolescent formé aux jeux de l'amour par sa belle maîtresse ne suffirait pas pour lui permettre d'enlever la difficile partie, Bruno avait commencé à concevoir un plan diabolique : s'inspirant de nombreux précédents, qui s'étaient passés un peu partout dans le monde et ayant pu tranquillement supputer la valeur de la fortune Vifral, il kidnapperait l'héritier – ce bambin qui lui manifestait tant d'affection – puis il exigerait de la maman affolée une forte rançon... Ne pouvant avoir complètement la mère à sa merci, il subtiliserait pendant quelque temps ce qui était pour elle son bien le plus précieux et la justification vivante de sa réussite de femme. A défaut de la mère, il se servirait du chantage sur la vie de l'enfant pour obtenir quand même une bonne part du gâteau que représentait l'argent Vifral.

Il était trop intelligent, ce petit jeune homme à l'excellente éducation, et trop cultivé aussi pour ne pas prendre ses précautions... Pourquoi même espacer ses relations avec sa maîtresse ? Cela risquerait de faire naître en elle un doute... Il saurait rester l'amant et le confident qui, quand le rapt aurait été bénéfique et Serge rendu à son foyer, serait le plus farouche allié de Thérèse pour l'aider, avec la police, à rechercher le misérable qui avait menacé de supprimer son cher petit... Ce monstre dont il avait lui-même dit après le rapt et la découverte du corps à un journaliste dans un bar de la ville : *Des gens qui commettent un pareil forfait méritent d'être lynchés !* Le monstre à double visage, ce serait lui...

Ni sa maîtresse ni son entourage ne pourraient s'en douter ! Et, quand l'enfant serait revenu dans la grande maison familiale, il recommencerait à jouer avec lui et à lui apporter des petites autos... Seulement voilà : l'enfant, qui avait quatre ans, le reconnaîtrait et dirait devant sa mère : *C'est lui qui m'a emmené dans sa voiture et avec qui j'ai joué à cache-cache...* Ce qui serait la catastrophe. Il ne restait donc qu'une solution : enlever Serge, le tuer en l'étranglant avec des mains gantées et réclamer immédiatement le paiement de la rançon. Un mort, ça ne parle plus.

Ensuite ?... Eh bien, mon Dieu, ensuite il n'y aurait pour lui Bruno qu'à continuer à venir rendre visite à Thérèse pour jouer les consolateurs en omettant, bien sûr, de lui révéler qu'il avait réussi à mettre déjà quelque argent de côté... Ce serait pour plus tard lorsqu'il aurait acquis une bonne situation. De l'argent judicieusement placé, ça ne dort pas... Et qui sait? Peut-être que, le temps aidant, une Thérèse Vifral, seule et désemparée, finirait par consentir à unir sa destinée avec un garçon approximativement de son âge qui avait prouvé qu'il savait gagner sa vie et qui ne l'épousait pas uniquement pour sa fortune comme elle-même l'avait fait avec un Jacques Vifral? Et, si cela se produisait, elle lui apporterait en dot les bonnes actions de l'usine... L'argent allant toujours à l'argent, le fabuleux tour de passe-passe serait couronné par un heureux dénouement. Et l'on oublierait le petit Serge.

Ce qui avait tout faussé dans ce plan était que celui qui l'avait conçu – et qui avait pourtant réussi à merveilleusement camoufler le son de sa voix lorsqu'il avait fait par téléphone les appels de rançon directement à Thérèse – n'était au fond qu'un lâche qui, lorsqu'il avait appris que l'on avait très rapidement découvert le corps de l'enfant, s'était affolé. La police avait fait le reste pour le faire avouer. Ce que dut être la stupeur horrifiée de Thérèse Vifral quand elle apprit ce jour-là que l'assassin de son fils était son amant dépasse les limites de l'imagination!

Pendant les semaines et les mois qui suivirent, elle resta prostrée et enfermée chez elle, refusant, dès le jour même de l'annonce de l'identité et de l'arrestation de l'assassin de recevoir les journalistes, de faire la moindre déclaration et même d'assister aux obsèques de son enfant qui furent pourtant suivies par toute la ville désireuse de prouver qu'elle était décidée à porter le deuil pour un crime commis par l'un de ses habitants sur la personne d'un innocent. C'étaient des milliers de gens qui se sentaient un peu responsables et qui voulaient montrer par leur présence autour de la tombe recouverte de fleurs blanches qu'ils réclamaient un châtiment exemplaire. C'était presque tout un peuple qui criait vengeance. Le convoi était passé lentement devant les volets clos de la maison des Vifral à l'intérieur de laquelle se cachait une jeune femme qui ne parvenait pas encore à comprendre...

D'un flot de pensées désespérées, deux d'entre elles devaient revenir sans cesse, lancinantes, dans son esprit à la torture : Bruno, ce garçon dont elle avait fait son amant, avait tué Serge et, après l'avoir fait, avait osé lui réclamer de l'argent! Cela dépassait toutes les limites de la monstruosité! Mais qu'avait-elle fait au Ciel pour mériter un pareil destin? Peut-être avait-il voulu la punir de n'avoir fait qu'un mariage d'intérêt en épousant Vifral? De toute façon elle ne méritait pas ça... Bruno, en agissant ainsi, venait de lui donner la preuve qu'il s'était toujours moqué d'elle et qu'il ne l'avait jamais aimée, elle qui le chérissait presque autant que son enfant! Lentement, mais sûrement, le sentiment de vengeance s'incrusta en elle avec une force que jamais peut-être une autre âme n'avait connue. Il ne s'atténuerait que le jour où Bruno aurait payé pour son double crime : la mort de Serge et l'ignominie de sa conduite à son égard à elle, Thérèse Vifral, qui lui avait accordé la chance de devenir son amant...

Pour la mémoire de Serge elle attendrait le jugement des hommes qui – elle en était sûre après avoir senti déferler devant sa porte la vague de haine de toute la ville – serait impitoyable. Pour sa blessure d'amante, dont elle ne pourrait jamais parler à personne par crainte du scandale qui rejaillirait automatiquement, elle attendrait patiemment pour la cicatriser que la première condamnation ait été rendue. Ensuite, elle agirait. Comment? Elle ne le savait encore pas trop elle-même, surtout s'il était condamné à mort pour l'assassinat de son enfant, ce qu'elle souhaitait de toute son âme! Et elle finirait bien par trouver pour qu'il expie encore davantage. Elle chercherait...

Huit mois plus tard la condamnation était rendue et elle lui parut scandaleuse : Bruno sauvait sa tête... Comme si une condamnation – qui ne serait jamais à perpétuité puisque le misérable retrouverait certainement la liberté après un certain nombre d'années d'incarcération – pouvait être un châtiment s'équilibrant avec l'assassinat d'un petit ange ! Puisqu'une cour de justice n'avait pas compris qu'il fallait définitivement abattre le monstre, ce serait elle, Thérèse, qui le ferait... Ce ne serait que la juste paye pour son crime, et pour l'affront qu'il lui avait fait à elle, sa maîtresse !

Pourquoi ne serait-ce pas à ce moment qu'était entré en action celui qui jouait le rôle de conseiller, l'ancien spécialiste des « problèmes sociaux » pour l'usine Vifral à l'époque où l'époux de Thérèse était encore de ce monde, le confident très éclairé et très discret de la jeune veuve qui avait favorisé la rencontre de la mère de Serge et de l'avocat ? Le Pr André Mateur n'était-il pas un homme de ressources ? Que Thérèse Vifral lui ait avoué, ou qu'il ait appris, qu'elle avait été la maîtresse de Bruno Carvault n'était pas certain, mais ce qui devait l'être presque à coup sûr était – Victor Deliot l'avait subodoré après sa visite dans la belle maison provinciale – que l'homme aux tempes agréablement argentées visait à accaparer à son tour la fortune Vifral en réussissant là où l'assassin de l'enfant avait échoué. N'avait-il pas compris que l'ancienne secrétaire était une créature sensible et capiteuse à qui la solitude ne pouvait que peser... Pourquoi ne lui aurait-il pas fait également une cour, discrète au début, plus pressante ensuite, qui l'avait fait bénéficier à son tour de la situation privilégiée d'amant ? Entre un amant d'âge certain – le professeur faisait beaucoup plus sérieux que le blondinet aux yeux bleus – et un époux en puissance il n'y a qu'une marge assez réduite... Un amant auquel Thérèse avait très bien pu dire un jour : « – Si tu m'aides à assouvir ma juste vengeance en faisant tuer l'être abject qui a assassiné mon fils, je promets de t'épouser... » Quelle merveilleuse perspective pour l'ancien enseignant ! Elle le contraignait, bien sûr, à bâtir un plan opérationnel mais, n'est-ce pas bien connu, un professeur sait faire un plan... A partir de cet instant, son amante et lui ne cessèrent plus d'épier les moindres déplacements que l'administration pénitentiaire faisait effectuer au détenu Bruno Carvault de maison d'arrêt en maison d'arrêt. On trouve toujours, moyennant quelques finances, des gens curieux qui vivotent dans l'ombre des prisons et qui ne demandent qu'à rendre de petits services... Pendant des semaines, des mois, des années, Carvault avait été pisté. Et un jour une nouvelle prodigieuse, que le couple de la vengeance n'osait même plus espérer, était arrivée : pour la première fois Bruno Carvault venait d'être transféré dans une autre maison d'arrêt, celle de Melun, où il n'était plus seul dans sa cellule mais en compagnie d'un codétenu ! Il ne fallait pas perdre une seconde pour connaître non seulement l'identité de ce compagnon de cellule mais aussi les raisons pour lesquelles il avait été condamné.

Raisons assez quelconques en elles-mêmes : un hold-up manqué. En revanche, ce qui avait paru être du plus grand intérêt pour la veuve et pour son confident était que ce Jules Bournol, truand sans envergure, avait, habitant et attendant son retour dans la banlieue de Marseille, une simili-épouse se nommant Fraisette et une petite fille de quatre ans... Il existait donc là, dans l'existence secrète de ce condamné, un point faible sur lequel on pourrait peut-être jouer avec habileté ? Le seul moyen d'agir ne serait-il pas de prendre directement contact avec Fraisette ? Le professeur s'en chargea, estimant que ce serait pour Thérèse Vifral une grave erreur de se montrer : elle devait continuer à jouer son rôle de femme éplorée, confinée dans le silence de son hôtel particulier. Pour lui c'était différent : faire un petit voyage à Marseille ou ailleurs ne prêtait pas à conséquence.

C'était fortuitement que Victor Deliot avait appris — le jour où, étant arrivé à l'improviste dans la cité phocéenne, par une conversation aussi imprévue qu'intéressante avec la voisine de Fraisette, l'excellente personne qui prenait soin de Chris quand sa maman allait chercher le plus gros de son gagne-pain — que Fraisette avait reçu quelques semaines plus tôt une autre visite...

Mise en confiance par la bonhomie de l'avocat pour

qui, grâce à son téléphone, elle avait fait appeler un taxi à l'issue des deux visites précédentes qu'il avait faites à la compagne de Jules, la brave voisine n'avait pas jugé indiscret de répondre après que Deliot eut dit le plus banalement du monde au cours de leur conversation :

– Ce ne doit quand même pas être très gai pour la gentille Fraisette de vivre ainsi dans l'attente du retour encore problématique de l'homme qu'elle aime et qui l'adore ! Je sais bien que vous êtes là, madame, pour la réconforter de temps en temps, mais enfin vous-même avez un mari et vos occupations... Elle ne reçoit jamais de visites chez elle ?

– Jamais, maître, à l'exception de vous qui êtes déjà venu deux fois... Si vous saviez quelle joie vous lui avez faite et si vous l'aviez entendue me parler de vous qui défendez son homme !

– Je crois en effet qu'elle a pour moi une certaine estime... Croyez bien que je la lui rends !

– Ah ! si... J'oubliais... Deux mois environ avant votre première visite, elle a reçu une autre personne... Un monsieur très comme il faut que je n'ai fait qu'entrevoir mais qui avait beaucoup d'allure : grand, distingué, avec des tempes grisonnantes qui lui allaient très bien. Il pouvait avoir dans les quarante-cinq ans...

– Pour lui aussi sans doute vous avez fait appeler un taxi lorsqu'il est reparti ?

– Non. Il avait une voiture qu'il conduisait lui-même. Je me souviens qu'il est resté assez longtemps dans la maison, presque plus que vous. Je ne l'avais pas vu arriver. Ce qui m'a intriguée – vous vous doutez bien, maître, que nous sommes toutes un peu curieuses, nous les femmes de banlieue ! Il n'y a pas tellement de distractions par ici ! – ce fut sa voiture qui était arrêtée devant la porte du jardin de Mme Fraisette... Aussi, quand il est ressorti de la maison accompagné par elle jusqu'à la grille, ai-je regardé pour voir. Après son départ, j'ai demandé à Fraisette qui c'était. Elle m'a répondu que c'était un professeur.

– Un professeur ? Qu'est-ce qu'il pouvait bien être venu lui dire ?

– Elle m'a expliqué qu'il dirigeait un établissement où l'on prenait en pension les enfants en bas âge dont les parents ne pouvaient pas s'occuper et qu'il lui avait demandé si cela l'intéressait pour Christiane. Ce qui a mis Mme Fraisette en colère... Elle m'a dit lui avoir répondu qu'il n'était pas question pour elle de se séparer de sa fille ! Et il est reparti après lui avoir pourtant raconté la façon dont était organisé son établissement. C'était, paraît-il, très intéressant mais ça ne la concernait pas. Vous imaginez ce qui se serait passé si Jules avait appris que « sa » Chris était en pension !

– Il aurait été désespéré et je le comprends : faire ça à un bout de chou pareil ! Quand est-il venu exactement, ce professeur ?

– La première fois...

– Vous avez bien dit : « la première fois » ? Il est donc revenu ?

– Oui, mais ce fut différent. La seconde fois, il avait prévenu Fraisette de sa visite. Elle l'attendait après m'avoir annoncé, deux jours plus tôt, qu'elle allait être dans l'obligation de s'absenter pendant quarante-huit heures pour aller visiter en sa compagnie, l'établissement dont il lui avait parlé. Elle me dit avoir réfléchi et qu'au fond ce ne serait peut-être pas une mauvaise solution pour Chris qui grandirait vite : ça lui permettrait de commencer à recevoir une bonne instruction tout en évitant – c'était surtout cela qui l'inquiétait – qu'elle n'apprenne, au fur et à mesure qu'elle serait en âge de comprendre, et ceci ne serait-ce que par des camarades d'école qui ne sont pas toujours très charitables, si elle l'envoyait à la maternelle d'ici ou à la communale, que son père était en prison ou un ancien détenu ! C'eût été épouvantable ! Jules ne le voulait à aucun prix ! Mettez-vous à leur place, maître ! Fraisette et lui avaient raison.

– Mille fois raison !

– Elle m'a alors demandé si, pendant son absence, je consentirais à garder Christiane chez moi.

— Vous avez dit oui ?
— Bien sûr ! N'ayant pas pu avoir moi-même d'enfant, mon mari et moi considérons que Chris est un peu aussi à nous...
— Comme prévu, deux jours plus tard le professeur vint donc la chercher avec sa voiture ?
— Oui. Fraisette est revenue, exactement comme elle me l'avait annoncé, le surlendemain mais en taxi. Elle avait pris le train pour le retour.
— Elle semblait satisfaite de sa visite à l'institution ?
— Enchantée ! C'était parfait, disait-elle. Mais elle m'a quand même confié qu'à la réflexion elle préférait attendre encore que Christiane soit un peu plus âgée... J'ai souri parce que je savais qu'elle ne pourrait jamais se séparer d'elle !
— Quand on n'a qu'un enfant et un mari sous les verrous, c'est normal. A quel moment a eu lieu ce petit voyage ?
— Je me souviens que ce fut peu de temps avant que Jules ne revienne passer les quatre jours de permission exceptionnelle auxquels il avait eu droit pour sa bonne conduite.
— Ce qui semblerait indiquer que la première visite du professeur s'était produite, mettons : une quinzaine de jours plus tôt ?
— C'est à peu près cela.
— Chère madame, nous bavardons et le temps passe pendant que nous nous égarons sur de petits détails sans importance mais qui prouvent cependant que cette chère Fraisette est une excellente maman. Pouvez-vous, une fois de plus, avoir l'amabilité de téléphoner pour appeler un taxi ?
— Volontiers, maître ! Ce que Fraisette va regretter de ne pas vous avoir vu !
— Dites-lui surtout qu'elle ne s'inquiète pas... Je ne suis passé la voir qu'en ami. En réalité je suis venu dans votre ville pour une tout autre affaire que celle de Bournol. Puisque je sais par vous que votre voisine se porte bien, n'est-ce pas l'essentiel ? Et la petite Chris ?

– De plus en plus jolie !

– Tant mieux ! Plus il y aura de beauté dans le monde et plus les hommes seront heureux ! Au revoir madame.

Ainsi s'était déroulée la visite que Deliot n'avait jamais pu oublier et dont il avait jugé préférable de ne pas parler à son client. Mais il n'avait pu s'empêcher d'établir automatiquement un rapprochement entre le professeur, dont la bonne voisine ignorait le nom, et cet André Mateur, tellement aimable et conciliant, que lui avait présenté Thérèse Vifral... L'appellation de « professeur » porte en elle-même suffisamment de résonances pour pouvoir admettre qu'il y en eut deux à s'être présentés, à quelques semaines d'intervalle, dans l'affaire Bournol ! Pourquoi ne serait-ce pas le même ? Et si c'était le cas, il n'y avait plus qu'à faire preuve d'assez de perspicacité et même de flair pour reconstituer les deux moments où André Mateur et Fraisette s'étaient trouvés en présence. Que s'étaient-ils dit pendant la longue conversation dans la petite maison de Fraisette, et qu'est-ce qui s'était passé pendant les quarante-huit heures du voyage ?

Dans les « explications » données par le professeur à la mère de Chris, il n'avait été nullement question de l'établissement d'éducation pour jeunes enfants comme Fraisette, qui n'était certainement pas en mal d'invention, avait réussi à le faire croire à sa bonne voisine. L'offre avait été tout autre. Victor Deliot, qui n'avait pourtant pas été ce jour-là le témoin de l'entretien, parvenait quand même à reconstituer, grâce à son extrême lucidité, l'essentiel du surprenant dialogue...

« – Si j'ai pris la liberté, madame, de venir vous rendre visite à l'improviste, c'est pour une raison majeure : il y a des choses que l'on ne peut confier ni par écrit ni par téléphone. D'ailleurs vous n'avez pas le téléphone ! Mon nom ne vous dira certainement rien : apprenez seulement qu'après avoir été dans l'enseignement, je me suis reconverti depuis quelques années dans la profession, peut-être moins noble mais sensiblement plus délicate, de conseiller en tout genre... Et il se trouve que j'ai dans ma clientèle une dame dont la vie n'a été qu'une succession de tragédies. Après avoir perdu son mari dans un regrettable accident de voiture alors qu'elle était encore très jeune, elle a connu le terrible malheur d'avoir son unique enfant, un petit garçon sensiblement du même âge que celui que doit avoir aujourd'hui votre petite fille, kidnappé puis assassiné par un misérable qui lui réclamait une rançon. Crime atroce dont la malheureuse n'a jamais pu se consoler. Or il arrive que, par une étrange coïncidence qui – on ne sait jamais ! – a peut-être été voulue par le destin, l'assassin en question est cet homme dont Jules Bournol vous a certainement parlé au cours de la dernière visite que vous lui avez faite à Melun et qui partage depuis une semaine environ sa cellule.

« – Bruno Carvault ?

« – Lui-même... Ma cliente est la mère de l'enfant qu'il a tué voici dix ans.

« – Comme je la plains !

« – Tout le monde la plaint, madame, et principalement toutes celles qui, comme vous, sont mères d'un enfant encore en bas âge. Aussi devez-vous être plus apte à comprendre que l'insurmontable chagrin de cette maman s'est doublé du fait, véritablement scandaleux, que le criminel ait pu sauver sa tête.

« – C'est une honte ! Mon mari me l'a dit. Il m'a même raconté que tous les détenus de la maison d'arrêt de Melun étaient de son avis et qu'il n'y en avait pas un qui hésiterait, s'il le pouvait, à régler définitivement son compte à ce Carvault.

« – Je suis d'autant plus enchanté de vous l'entendre dire que je pense pouvoir apporter à Jules Bournol cette possibilité sans qu'il coure de risque majeur...

« – Je ne comprends pas ?

« – C'est pourtant assez simple. Supposons, si vous le permettez, que l'on apporte à Jules Bournol le moyen très discret, mais absolu, de débarrasser la société d'un Bruno Carvault. Ceci, bien entendu, moyennant une importante rémunération qui lui serait remise en échange de ce geste qui rendrait service à beaucoup de monde! Après m'être longtemps penché sur sa détresse dans l'espoir de pouvoir l'atténuer, j'ai fini par comprendre que ce ne serait qu'à ce prix que le chagrin de ma cliente pourrait peut-être guérir. Je m'empresse de vous confier que, possédant une grosse fortune, elle est déjà prête à payer le prix qu'il faudra... Elle m'a même délégué tous pouvoirs pour la remplacer dans les négociations que nous pourrions avoir ensemble... Etant, vous le comprenez aussi bien que moi, dans l'impossibilité de pouvoir communiquer actuellement avec Jules Bournol en personne, j'ai pensé que le mieux serait de m'adresser à vous qui ne pouvez être pour lui que la plus sûre des conseillères...

« – Mais, monsieur, Jules n'est pas et ne sera jamais un assassin!

« – J'en suis profondément convaincu, madame! C'est même la raison primordiale pour laquelle j'ai songé à lui... Supprimer un monstre n'est pas un crime mais un acte de salubrité publique! Pour l'accomplir, il faut donc le bras ou la main d'un honnête citoyen : ce qui est le cas de Bournol. Personne, dans l'enquête qui suivra obligatoirement le décès brutal de Carvault, n'aura idée de soupçonner un aussi brave homme.

« – C'est vous qui le dites!

« – Et je le maintiens... Tout dépendra, évidemment, de la façon dont les choses auront été faites... J'ai apporté avec moi l'arme de mort. Voyez vous-même : tenant le moins de place possible, elle offre l'immense avantage d'ête infiniment discrète...

(Il avait ouvert la main gauche dans le creux de laquelle se trouvait un minuscule petit paquet.)

« – Qu'est-ce que c'est?

« – Le plus sûr des poisons : une capsule de cyanure. Vous pouvez constater que la teinte du papier, lui servant d'enveloppe pour éviter tout contact extérieur avant l'utilisation pratique, n'est pas blanche – le blanc est voyant! – mais intentionnellement couleur chair, la même que celle de la paume d'une main... Papier présentant aussi l'avantage de pouvoir se dissoudre en quelques secondes lorsqu'il se trouve au contact d'aliments dégageant quelque chaleur... M'étant minutieusement renseigné, j'ai appris en effet que, depuis quelques années déjà, dans toutes les prisons de France la soupe, prélevée dans des bassines placées elles-mêmes sur des réchauds électriques, était versée pratiquement bouillante – ceci à la suite de multiples révoltes de détenus qui l'avaient exigé – dans chaque gamelle individuelle. Rien ne serait donc plus facile pour Jules Bournol que de profiter d'une ou deux secondes d'inattention de son codétenu pour laisser tomber dans sa gamelle le petit paquet... Le papier se désagrégeant immédiatement, le contenu n'a plus qu'à faire son œuvre qui est, je vous le garantis, foudroyante !

« – Et après ?

« – Après... Carvault s'écroule et c'est terminé.

« – Mais Jules ?

« – Votre ami ? Il simule l'affolement en martelant bruyamment la porte de la cellule pour appeler les gardiens qui escortent la corvée de soupe et qui reviennent...

« – Ils vont tout de suite comprendre que c'est lui qui a empoisonné Carvault !

« – Pas obligatoirement... Après toute mort suspecte, il y a enquête... Et qui dit « enquête » dit temps gagné ! Il ne sera pas seul à pouvoir être soupçonné : il y aura aussi les hommes de la corvée de soupe... Il faudra également attendre le résultat de l'autopsie du défunt pour connaître la nature exacte du poison qui a été utilisé... Tout cela ne se fait pas en cinq minutes ! Je reconnais cependant qu'il y a de sérieuses chances pour que Bournol soit officiellement inculpé dans les quelques jours qui suivront... Mais, entre-temps, il n'aura pas perdu de temps ! Avant même que l'inculpation ne lui soit signifiée, il aura déjà pris la précaution de s'adresser à un avocat très expert... Après avoir étudié avec soin les noms et qualités des meilleurs maîtres du barreau, je pense en avoir trouvé un qui pourrait faire l'affaire... Un très honnête homme auquel, bien entendu, votre mari ne cessera jamais de dire et même – pardonnez-moi un aussi ignoble conseil, madame, mais il est absolument impératif! – de jurer, s'il le fallait, sur votre propre tête et sur celle de sa fillette, qu'il n'est pour rien dans l'empoisonnement de Carvault et qu'il ne parvient pas à comprendre comment les choses ont pu se passer. *Mentez, mentez toujours!* a dit Fouché qui s'y connaissait en police...

« – Et vous pensez que l'avocat le croira?

« – Pourquoi pas? Celui auquel je songe et dont je ne vous révélerai le nom que lorsque nos accords seront formels, a la réputation de faire toujours confiance à ses clients... Ce qui lui a déjà permis d'en sortir quelques-uns de cas infiniment plus épineux que celui où se trouvera votre mari. C'est la raison aussi pour laquelle je le tiens pour un excellent avocat.

« – Comment fera-t-il, s'il y a vraiment un procès, pour faire innocenter Jules?

« – Comme il n'y aura – et pour cause! – aucun témoin ayant vu Bournol jeter la capsule dans la gamelle de Carvault et qu'il sera impossible de trouver le moindre motif ayant poussé votre mari à empoisonner ce codétenu qui ne lui avait fait aucun mal, l'avocat aura toujours la ressource de plaider qu'il n'y a pas eu de crime et que la mort de Bruno Carvault ne peut être attribuée qu'à un suicide. Comme je le sais très intelligent, ce sera certainement la carte qu'il jouera. Votre compagnon se trouvera automatiquement débarrassé de l'accusation portée contre lui. Autrement dit, le tour sera joué!

« – Ce serait ce qu'on appelle un crime parfait?

« – Il y en a beaucoup plus qu'on ne le pense... Crime ayant aussi le mérite de vous apporter à tous les trois – vous-même, Jules Bournol et votre enfant – une véritable fortune qui vous permettra d'envisager l'avenir avec une complète sérénité... Vous n'aurez même pas à craindre de sentir un jour vos consciences envahies par les insupportables angoisses du remords... Quels regrets, en effet, pourrait-on connaître quand on a la certitude d'avoir non seulement aidé à l'assouvissement définitif du chagrin d'une mère mais aussi à débarrasser le monde d'un monstre nuisible? Mais revenons, si vous le voulez bien, aux avantages matériels de l'opération qui devraient se révéler pour vous comme étant le point le plus intéressant de cette conversation... Ayant jaugé à sa juste valeur ce que représenterait le petit geste de Jules Bournol ainsi que les différents risques d'ennuis relativement provisoires qui pourraient en découler pendant les quelques mois qui suivront, celle qui m'a confié la mission de vous contacter m'a également donné des instructions pour que je vous fasse une offre ferme. Que diriez-vous de un million de nouveaux francs ou, si vous le préférez, de cent millions de centimes?

« – C'est le prix auquel cette dame évalue la suppression d'une vie? Personnellement j'estime que c'est peu et que les risques sont quand même trop grands pour Jules.

« – Voilà, madame, ce qui s'appelle parler affaires... Ayant, comme je vous l'ai dit, tous les pouvoirs pour vous répondre, c'est à votre tour d'énoncer votre chiffre.

« – Je ne pourrai le faire qu'après avoir consulté Jules, mais je suis certaine à l'avance qu'à ce prix-là il refusera catégoriquement! N'oubliez jamais qu'il n'a rien d'un tueur professionnel et qu'il n'a jamais tué!

« – Je sais... Je sais aussi que les « honnêtes gens » coûtent souvent plus cher que les autres... A quel prix pensez-vous que M. Bournol se déciderait?

« – Sûrement pas au-dessous d'un milliard de centimes.

« – Ce qui fait dix fois de plus... C'est considérable mais ça mérite quand même d'être étudié.

« – Et ce serait un minimum!

« – Quand pensez-vous pouvoir aller rendre visite à Bournol? Naturellement il ne saurait être question de lui expliquer tout cela par lettre!

« – Me prendriez-vous pour une folle ou pour une demeurée ?

« – Loin de moi, madame, de telles pensées ! La façon même dont vous venez de relever le tarif de votre collaboration me prouve que vous savez au moins compter...

« – Comment s'effectuerait le paiement ?

« – En une fois et en liquide... C'est-à-dire qu'il n'y aurait aucune trace bancaire. Il y va de notre intérêt commun. Le rêve aurait été, évidemment, que Jules Bournol eût un compte numéroté en Suisse !

« – Il n'en a pas, mais moi j'en possède un.

« – C'est merveilleux ! Chère madame, vous montez sérieusement dans mon estime... Ma cliente étant aussi bien organisée que vous, le transfert devrait être des plus aisés. Il suffirait, après que vous m'auriez confirmé que Bournol est entièrement d'accord pour l'exécution, que nous nous retrouvions, vous et moi, quelque part à Genève, à Lausanne, à Bâle ou à Zurich selon votre convenance. Au besoin même je pourrais revenir vous chercher ici avec ma voiture. Je pense que Jules Bournol vous fait entièrement confiance ?

« – Depuis le temps, il le peut ! Si je n'avais pas été là ces dernières années...

« – Eh oui ! Je réitère ma question : quand comptez-vous le voir ?

« – J'essaierai de faire un aller et retour en avion demain ou après-demain.

« – Etes-vous bien certaine de pouvoir tout lui dire dans le parloir de la centrale sans risque d'écoutes ?

« – Jules est tellement bien noté que les gardiens s'éloignent toujours à chacune de mes visites pour nous permettre de nous dire tout ce que nous voulons.

« – Ce que c'est que d'avoir su avoir une bonne conduite !

« – Il est d'ailleurs possible qu'il bénéficie prochainement d'une permission exceptionnelle de quelques jours : ce qui lui permettrait de venir ici.

« – ... où vous seriez encore plus à l'aise pour mettre au point les modalités du plan. Je ne vous laisse pas encore la capsule : ce serait prématuré! Attendons d'abord la réaction de M. Bournol... Mais j'ai la plus grande confiance dans la façon dont vous saurez lui présenter notre projet! Il y a deux points qui me fascinent en vous, madame : le fait que vous n'ayez pas paru être choquée par ma proposition et votre précision.

« – Oh! Vous savez... Jules et moi avons déjà vu et entendu trop de choses pour nous formaliser! La seule qui compte maintenant à nos yeux est de sortir de nos ennuis une fois pour toutes et d'assurer l'avenir de notre enfant.

« – Il est certain que la somme que vous venez d'énoncer pourrait sérieusement y contribuer... Je n'ai donc plus qu'à attendre de vos nouvelles. A ce propos, il est indispensable que je vous donne mon numéro de téléphone personnel : j'habite dans la même ville que la dame qui m'a mandaté. Je l'ai inscrit sur ce papier : ceci, bien sûr, à titre strictement confidentiel entre nous.

(Après avoir jeté un rapide regard sur le papier, Fraisette remarqua :)

« – Mais vous n'avez pas mis votre nom?

« – Je vous ai dit qu'il n'offrait pas grand intérêt. Quand vous m'appellerez – de préférence le matin entre 8 et 10 heures et plutôt d'une cabine téléphonique publique – vous n'aurez qu'à dire : « Monsieur le professeur ». Ce sera moi qui vous répondrai : pour le moment je vis seul... Et si moi-même j'avais une communication à vous faire, je ferai un saut en voiture. Je me méfie des lettres et des télégrammes : ça laisse trop de traces... Et surtout, sachez vous faire persuasive quand vous verrez Bournol! Parlez-lui de l'avenir de son enfant : cela devrait l'amener à de saines décisions...

« – Il m'écoutera.

« – J'en suis convaincu. Et puis, n'avez-vous pas quelques bons atouts en perspective?

« – Il y a quand même, monsieur, une chose qui

m'étonne dans votre projet : pourquoi, plutôt que de faire courir certains risques à Jules, ne pas attendre que ce Bruno Carvault soit libéré à sa sortie de prison qui viendra bien un jour ou l'autre? Ce serait beaucoup plus facile et, si vous le désiriez, mon mari et moi pourrions vous aider...

« — Merci pour une pareille offre qui me paraît superflue : s'il arrivait à Carvault de sortir définitivement de sa cellule, la collaboration d'un Jules Bournol ne serait plus nécessaire! Elle ne vaut cher que parce qu'il se trouve précisément être en cellule avec celui que « nous » avons décidé de condamner à mort. Il faut vous dire aussi que la mère de la petite victime n'en peut plus d'attendre... C'est long, dix ans! Et rien ne prouve avec certitude que Carvault sera remis en liberté... Nous n'en finirons plus! Mieux vaut la capsule de cyanure.

Ce devait être à peu près ainsi que s'était déroulé l'entretien. Ayant appris à connaître le calme et l'esprit de décision de Fraisette, Victor Deliot n'arrivait même pas à imaginer qu'elle ait pu être le moins du monde surprise par la visite et l'offre d'un André Mateur, personnage qu'elle n'avait cependant jamais vu auparavant. Mais Fraisette appartenait à cette race de femmes que plus rien n'étonne et qui sont prêtes à tout pour réussir. Depuis le premier jour où le truand lui avait parlé d'elle avec admiration, Deliot avait compris que c'était Fraisette qui menait la barque. Il avait dû en être ainsi depuis le premier jour où ils s'étaient rencontrés au Café des Amis : la putain, déjà chevronnée malgré sa jeunesse, avait ébloui et intimidé le bon truand auquel, assez rapidement, elle était parvenue à imposer sa loi. Il continuerait à récolter ses maigres paris pour s'abriter légalement derrière la profession de bookmaker alors qu'elle-même camouflerait sa principale activité sous le masque d'une secrétaire. En réalité, Jules lui servirait de protecteur vis-à-vis du milieu marseillais s'il lui arrivait un jour d'avoir un coup dur. Elle pourrait ainsi opérer en toute quiétude : Fraisette avait « son » homme. Même si Jules allait provisoirement en prison, ce ne serait pas tellement grave! Quand il en ressortirait, il réglerait leurs comptes à ceux qui avaient eu l'audace de s'intéresser à sa protégée. Il grognerait pour faire peur : ce qui, d'ailleurs, était à peu près tout ce qu'il saurait faire.

Ensuite Chris était née, sûrement mieux accueillie par son père que par sa mère. Une Chris qui ne ressemblait ni à lui ni à elle : l'enfant était une rousse authentique alors que la chevelure de Fraisette ne prenait cette teinte chaude que quand elle stationnait, à un coin de rue, sous une perruque de circonstance... Mais enfin un miracle peut toujours se produire et, comme Fraisette l'avait elle-même dit au cours de sa déposition : *Quand on s'aime, les difficultés de l'existence paraissent plus légères...*

Une Chris dont Fraisette n'avait pas manqué de se servir pour dire à Jules, au cours de la visite faite dans le parloir de Melun et pendant laquelle elle lui avait parlé pour la première fois de l'étrange marché qui leur était offert :

« – Tout ce que je viens de t'expliquer est facilement réalisable pour toi si tu veux vraiment assurer le bonheur de ta fille. Ce n'est ni toi ni moi qui comptons, mais elle! Réfléchis bien! Quand je reviendrai te voir dans huit jours il faudra me donner ta réponse. Si c'est oui, cela signifiera pour Chris qu'elle a le plus merveilleux des pères!

« – Mais il ne faudra jamais qu'elle sache ce que j'ai fait pour elle! C'est épouvantable, chérie, de tuer un homme!

« – Ne m'as-tu pas dit, la dernière fois où je suis venue ici : *Ce type-là n'est pas un homme, c'est un monstre!* Alors ce ne sera pas tuer un homme! Mais je ne veux pas t'influencer : c'est toi seul qui décideras... En te transmettant l'offre, j'estime avoir fait mon devoir à l'égard de ta fille. C'est à toi maintenant de faire le tien... Si tu refuses, nous n'en parlerons plus et voilà tout! Je continuerai à faire mon boulot et toi à végéter avec tes ramassages de paris!

« – Mais tout cet argent que tu as déjà mis de côté à ton nom en bons du Trésor et en Suisse? Peut-être pourrais-tu en prélever un peu pour m'aider à acheter un petit fonds de commerce?

« – Quel commerce?

« – Quelque chose où j'aurais des chances de réussir...

« – Pourquoi pas un bar pendant que nous y sommes? Non, mais pour qui te prends-tu, Jules? Je t'estime incapable de réussir dans quoi que ce soit ! Je viens de t'apporter la seule chance de montrer que tu es un homme... Après tu n'auras plus besoin de t'inquiéter : on se laissera vivre tout doucement.

« – Je ne ferai plus le book, ni toi la pute?

« – Pas tout de suite pour ne pas attirer l'attention... Les gens pourraient dire – et même les copains du Café des Amis : « Mais qu'est-ce qui leur arrive aux Bournol? Ils ont donc fait un héritage? » Pendant un bon bout de temps, il ne faudra pas modifier nos habitudes et puis un beau jour, quand l'affaire Carvault sera définitivement enterrée, on s'en ira.

« – Pour où?

« – Pour n'importe où! Quand on a derrière soi plus d'un milliard – eh oui! Ça fera cela avec les intérêts qui s'accumuleront et ce que j'ai déjà mis de côté! – on peut voir venir...

« – Qu'est-ce qu'on dira aux copains?

« – Que nous changeons de climat pour la santé de Chris et que tu ne peux plus vivre dans un pays où on s'est montré aussi injuste avec toi en t'octroyant trois ans pour un hold-up qui n'a fait de mal à personne! Il faut que je me sauve, chéri... Je vois le gardien là-bas qui me fait signe que l'heure est passée... Entre nous, ils sont bien gentils de ne pas se mêler de ce que nous disons! C'est ce que j'ai expliqué au professeur... Sinon je n'aurais jamais pu te faire part de son offre... En réfléchissant pense d'abord à la dot de Chris!

Pendant les jours et les nuits qui suivirent, Jules Bournol ne cessa plus de ressasser dans son esprit tout ce que lui avait dit Fraisette... Evidemment c'était assez tentant et pas tellement difficile de jeter la petite capsule dans la gamelle de Carvault, mais il y avait aussi des risques dont le plus grand serait d'être soupçonné et même d'être accusé du crime : un risque qui valait un milliard... Bien sûr, il ne resterait pas de preuve, mais quand même !

Comme elle l'avait promis, Fraisette revint la semaine suivante :

« – Tu as réfléchi ?

« – Chérie, je ne sais pas quoi te dire... Je ne dors plus : toutes les nuits je le regarde, allongé sur sa couchette contre la cloison opposée de la cellule en me disant : *Il va peut-être falloir que je le tue !* C'est terrible ! Si ça continue, je deviendrai fou ! Si encore je pouvais demander conseil à quelqu'un ?

« – Ah, ça ! Mais, c'est vrai que tu deviens fou, Jules ! Jamais, tu m'entends, tu ne devras parler à personne au monde de ce que je t'ai dit... Même pas à l'avocat qu'on te trouvera, si c'est nécessaire, après que tu auras opéré... C'est juré à ta femme ?

« – C'est juré.

« – Maintenant il faut te décider. J'ai pu téléphoner au professeur en lui disant simplement, par prudence, que j'avais pu entrer en contact avec la personne intéressée... Il a très bien compris qu'il s'agissait de toi. Il m'a répondu qu'il n'y avait plus de temps à perdre et qu'il était toujours prêt à venir me chercher : ce qui signifiait que ce serait pour le paiement prévu en Suisse. Mais ce ne sera fait, évidemment, que si je lui apporte ton accord formel. Le danger, si tu ne te décides pas, c'est qu'on change à nouveau Carvault de prison ou même de cellule et qu'on l'enferme avec un autre ! Tout ce que nous avons décidé avec le professeur tomberait à l'eau... Pour lui il faudrait tout recommencer et reprendre l'affaire autrement sans notre participation. Adieu le milliard ! C'est ce que tu souhaites ?

« – Mais non, mon amour ! Ce que je souhaite de tout mon cœur c'est que toi et Chris vous deveniez riches, très riches, grâce à votre vieux Jules !

« – Tu connais l'unique moyen.

« – Mais pourquoi faut-il absolument que ce soit moi qui fasse la basse besogne ?

« – Parce que tu es le mieux placé pour réussir avec le minimum de risques.

« – Et que ferais-tu si je refusais ?

« – Moi ? Rien... A moins que je ne décide de partir avec Chris... Après tout nous ne sommes pas mariés, toi et moi. Et je suis seule à l'avoir reconnue : elle porte mon nom, pas le tien !

(Il s'était levé, écartant les doigts de ses mains énormes :)

« – Si tu faisais cela, j'arriverais bien à te rattraper et je te tuerais !

« – Calme-toi, Jules... N'oublie pas que nous sommes toujours dans une prison ! Si tu y tues quelqu'un, autant que ça serve au moins à quelque chose... et pas avec tes doigts qui laisseraient des empreintes ! Il faut la capsule que je t'apporterai.

« – Tu l'as déjà ?

« – Non. On ne me la remettra en même temps que l'argent que si j'apporte ton accord.

« – Ce ne sera peut-être pas la peine que tu te charges de cette corvée... D'après ce que m'a dit avant-hier le directeur, M. Perrin, je vais presque sûrement pouvoir profiter à la fin de ce mois de la permission exceptionnelle de quatre jours que l'on m'a promise... J'irai donc à Marseille et là, si je me suis décidé, on aura tout le temps de mettre au point les derniers préparatifs. Je t'en supplie : laisse-moi encore réfléchir quelques jours ?

« – Impossible, Jules ! J'ai besoin de ton accord définitif aujourd'hui pour en faire part à l'autre dès demain par un coup de fil. C'est convenu qu'il viendra aussitôt me chercher et nous partirons ensemble pour la Suisse où je planquerai le milliard à mon compte numéroté qu'il n'a pas à connaître. Comme ça tu seras sûr de ne pas agir pour rien ! Il me remettra aussi la capsule que je te donnerai quand tu seras à Marseille. Ensuite, revenu ici, tu n'auras plus qu'à choisir le moment le plus propice et les comptes seront réglés.

« – Et si, une fois que tu as l'argent en lieu sûr, tu flanquais le poison dans les W.c. pour que je ne puisse pas l'utiliser contre Carvault ?

« – Tu te figures que le professeur est un enfant de chœur ? Mais, mon bon Julot, il serait moins long que toi à me retrouver pour me le faire payer cher et ce serait toi, au lieu de ton codétenu, qui absorberait la dose dans ta cellule ! Quant à Chris...

« – Tu as raison : il y a Chris... On ne peut pas lui faire courir de risque. Nous sommes coincés, Fraisette !

« – Mieux vaut jouer le jeu... Cette fois, c'est d'accord, Jules ?

« – C'est d'accord.

Ce dut être ainsi que le vrai pacte, qui fut décisif pour la disparition prochaine de Bruno Carvault, dut être scellé entre le « bon » Jules et la charmante Fraisette... Le reste ne fut plus que du détail.

Quand Jules, permissionnaire de quatre jours, fut accueilli à Marseille sur le quai de la gare Saint-Charles par les larmes de Fraisette et les cris de joie de Chris, le compte numéroté se trouvait lesté du milliard et le professeur s'en était retourné vers sa ville provinciale avec la certitude que l'on entendrait bientôt reparler de « l'affaire Carvault » à propos d'un autre décès.

La permission tant attendue aurait été idéale pour Bournol si elle n'avait pas été assombrie par la lugubre perspective d'être contraint, lorsqu'il aurait retrouvé sa cellule de Melun, d'accomplir le tout petit geste destiné à faire passer de vie à trépas l'homme que la justice d'une mère, doublée d'une amante bafouée, avait condamné. Il y eut, pendant ces quatre jours, pour celui qui répugnait à l'idée de devenir prochainement un criminel, quelques entractes de bonheur telles que les caresses de Chris ou les libations au Café des Amis mais ce ne fut quand même pas l'euphorie ! Il y avait, épiant sans cesse ses moindres paroles ou réactions, le regard anxieux de Fraisette qui ne le lâchait plus, semblant dire : « Mais oui, mon brave « protecteur », tu as très bien fait d'écouter ta jeune « femme » qui a toujours été de bon conseil... Tu peux considérer maintenant que nous sommes riches, très riches même ! Et ceci, grâce à toi ! Mais encore faudra-t-il que lorsque tu auras réintégré ta cellule et dès que l'occasion se présentera, tu n'hésites pas à tenir ta parole. Le plus tôt ce sera fait et mieux ce sera pour tout le monde ! Ensuite, n'oublie pas le nom de cet avocat que m'a indiqué le professeur et qu'il considère comme pouvant se révéler le plus habile dans cette affaire ; c'est un certain Deliot, Victor Deliot... »

C'était sûrement de cette façon, Victor Deliot en avait presque des nausées, que son propre nom avait été suggéré pour la première fois – par le canal de cet « ami » dont le truand n'avait pas voulu lui révéler le nom après son acquittement sous le prétexte qu'il aurait certainement refusé de venir témoigner en sa faveur, et pour cause ! – à Bournol... Ensuite, il n'avait pas dû manquer de demander à l'aimable M. Perrin s'il connaissait cet avocat ? Le directeur, débordant de bienveillance envers son meilleur pensionnaire, n'avait pas dû manquer de dire :

« – Vous souhaiteriez, si vos ennuis s'aggravaient, faire appel à Me Deliot pour qu'il vous défende ? Mais, mon bon Bournol, aucun choix ne peut être plus judicieux ! Me Deliot est l'un de mes plus chers et de mes plus vieux amis... »

Ainsi l'avocat avait été, lui aussi, entraîné dans l'engrenage infernal. « Le professeur » avait réussi à le manœuvrer à distance comme il l'avait fait pour un Bournol. C'était du grand art ! Jugeant préférable – tellement c'était pitoyable ! – de ne pas trop penser à son propre cas d'avocat, qui, s'étant lancé dans la défense d'un criminel qui l'a trompé, a fini par obtenir son acquittement, Victor Deliot préféra concentrer une dernière fois toute son attention sur les derniers moments qui avaient précédé le crime.

D'abord il y avait eu le départ de Jules pour Paris quand la permission vint à expiration. Les adieux faits par le truand à celles qu'il appelait « ses femmes », Fraisette et Chris, et qui se passèrent sur un autre quai de la même gare Saint-Charles, durent être aussi déchirants que joyeuse avait été l'arrivée quatre jours plus tôt. Pourtant, ne flottait-il pas dans l'air, aussi bien pour Fraisette que pour Jules, un étrange parfum de satisfaction secrète : celle de se dire qu'il ne resterait plus qu'à donner le tout petit coup de pouce qui déclencherait les immenses bienfaits du prodigieux mécanisme de bonheur terrestre qu'est l'argent !

Dans son hallucinante rêverie, Deliot vit même le dernier geste d'amour accompli par celle qui n'était plus maintenant une secrétaire par intérim ou une prostituée du quartier de « La Belle de Mai » mais plutôt la plus discrète des capitalistes... Deux minutes avant que le train ne parte, elle plongea sa main très fine dans son sac pour en extraire un tout petit paquet qu'elle donna délicatement à « son » homme en faisant la dernière recommandation qui est celle de toutes les mères, de toutes les épouses, de toutes les fiancées, de toutes les amantes pour l'être adoré auquel on vient de remettre le médicament sauveur dont il pourra avoir besoin en cours de route :

– Et surtout, chéri, n'oublie pas de t'en servir sans trop attendre !

Ce qui s'était passé ensuite n'était pas très difficile à deviner. Comment les préposés à la fouille – qui, comme tout le personnel de la maison d'arrêt dirigée par M. Perrin, avaient tant d'estime pour lui ! – auraient-ils même eu la malencontreuse idée de s'en prendre à ce bon Jules qui poussait sa conscience de détenu modèle jusqu'à réintégrer sa cellule à l'heure précise mentionnée sur son titre de permission ? Et il se retrouva, muni de l'étrange viatique capable de vous envoyer dans l'autre monde, en présence de Bruno Carvault... Un Bruno qui, selon sa détestable habitude, demeura muet. Et pourtant ! S'il avait posé à Jules quelques questions sur la façon dont il avait meublé ses heures de permission, peut-être aurait-il appris d'étranges choses qui le concernaient tout particulièrement ? Seulement Dieu, ou le destin, ne le voulurent pas... Sans doute estimèrent-ils que l'assassin du petit Serge et l'ancien amant de Thérèse Vifral se rapprochait irrévocablement de la date qui marquerait la fin de son séjour en ce bas monde ?

L'attente du moment fatidique se prolongea quand même pendant un bon mois. Que se passait-il ? Malgré l'engagement pris, malgré l'argent déposé en Suisse, malgré l'arme absolue qui était en sa possession, le bon Jules hésitait encore... Il n'avait vraiment pas l'étoffe d'un assassin ! Aux yeux de certains durs, il aurait même fait figure de médiocre... Il avait peur de tuer, peur qu'un grain de sable imprévu ne vienne au tout dernier moment gripper la savante machine de mort mise au moint par le professeur, peur de tout ! Et cet homme qu'il avait en face de lui à portée de sa main, qui n'était pas encore une main criminelle, cet homme qui continuait à noircir ses petits cahiers, à lire les ouvrages pieux et à l'observer fixement derrière ses lunettes comme quelqu'un qui passe le plus clair de son temps à essayer de deviner les pensées des autres, cet homme ne lui avait rien fait à lui Jules Bournol... C'était effrayant !

Tous les jours, à chaque instant, Jules se disait : « C'est pour aujourd'hui... » Il savait très bien le moment où il devrait agir : celui de la remise de la gamelle par la corvée de soupe... Celui qu'avait imaginé le professeur et qu'il avait minutieusement décrit dans ses moindres détails à Fraisette qui, à son tour, lui avait scrupuleusement transmis les instructions de mort... Si, la nuit, Carvault dormait paisiblement comme s'il avait la conscience tranquille, comme s'il rêvait aussi à cette libération possible dont lui avait parlé son défenseur et pour laquelle il avait déjà fait des projets avec sa mère,

Jules Bournol, lui, ne pouvait plus fermer l'œil. Il vivait un supplice auprès duquel les deux années d'incarcération déjà écoulées n'étaient rien ! Et, quand le jour commençait à poindre à travers les barreaux de l'unique fenêtre de la cellule placée suffisamment haut pour que les occupants ne puissent entrevoir qu'un bout de ciel plus souvent gris que bleu, la pensée obsédante revenait : *Ce sera pour aujourd'hui...* Les jours succédant aux nuits, trois semaines interminables passèrent au bout desquelles le gardien vint annoncer à Jules qu'une visite l'attendait au parloir. C'était Fraisette qui revenait une dernière fois à la charge. Fraisette qui chuchota :

– Mais qu'est-ce que tu attends, chéri ? On commence à s'impatienter là-bas...

Le « on », c'était le professeur qui avait réapparu un matin pendant quelques instants devant la grille du petit jardin de la banlieue marseillaise sans que la bonne voisine n'ait pu le voir et qui avait dit sur le ton doucereux où filtrait la menace :

– Qu'est-ce qui se passe ? Pourquoi attend-il ?

Affolée, craignant de tout perdre, Fraisette avait répondu :

– Il attend sûrement que le bon moment se présente...

– Le bon moment ? Mais la corvée de soupe passe deux fois par jour ! Il ne comprend donc pas que cette attente inutile est très dangereuse... Je vous le répète : l'autre peut être brusquement changé de cellule !

Le lendemain, Fraisette était repartie pour Melun.

– Jules, vas-tu te décider, oui ou non ? Pense à Chris...

Mais il ne faisait que cela, le bon Jules ! Et quelques heures après cette visite, le déclic s'était brusquement fait dans l'esprit torturé du truand. Ça s'était passé pendant la promenade dans la petite cour ceinturée par les hauts murs. Les copains lui avaient dit :

– Sais-tu ce qu'on raconte de plus en plus ? Que Carvault va être prochainement libéré pour sa bonne conduite ?

Vingt-quatre heures plus tard Bournol devenait un assassin en jetant la petite capsule dans la gamelle.

La boucle infernale s'était refermée. La longue méditation de Victor Deliot était terminée. Quand le jour de Paris commença à rosir les toits qui étaient tout son horizon à lui depuis un demi-siècle, le défenseur de Bournol ne savait plus que penser. Et cependant, il fallait bien prendre une décision! Confierait-il au procureur, qu'il allait retrouver pour la levée d'écrou à Fresnes avant la fin de la matinée, le fruit de sa nuit de réflexion, ou se tairait-il? Dans un dernier effort de concentration, il jugea froidement le pour et le contre.

Quels étaient les véritables bénéficiaires du crime?

En tout premier lieu celle qui, sans l'avoir exécuté, l'avait intensément voulu de toute son âme : Thérèse Vifral. Elle était, de loin, la plus grande responsable. Pour elle la vraie justice était enfin rendue : Serge était vengé et elle-même se sentait sauvée. Si celui qui avait été son amant avait fini par obtenir sa libération, peut-être aurait-il parlé et aurait-il confié, sinon à la presse mais du moins au public quand les délais de prescription auraient été passés — dans l'une de ces confessions de criminel repentant dont les lecteurs sont tellement friands à notre époque — qu'il avait été aussi l'amant de celle dont il avait étranglé l'enfant! Il n'avait rien pu dire avant et surtout pendant son propre procès au cours duquel Thérèse avait refusé de venir témoigner contre lui : ce dont il lui avait peut-être été alors reconnaissant? L'aveu à ce moment-là de leur liaison aurait immanquablement entraîné la jeune veuve dans la honte du scandale — ce dont il se moquait, ne l'ayant jamais aimée — mais les retombées sur lui-même n'auraient fait qu'aggraver son cas et l'auraient sans doute conduit à l'échafaud. Peu importait à Thérèse Vifral le prix que lui avait coûté l'opération : c'était peu pour obtenir que Bruno Carvault ne parle plus jamais! Et n'était-elle pas encore suffisamment riche?

Le deuxième bénéficiaire était le professeur. Avec une

habileté démoniaque il avait orchestré tout le processus du crime. Sa récompense serait, comme Thérèse le lui avait promis, de devenir son époux légal dans quelques années et de mettre ainsi la main sur tout ce qui restait de la fortune Vifral. Sa maîtresse ne pourrait plus le lui refuser : n'étaient-ils pas liés désormais à la vie et à la mort tous les deux par un effroyable secret ?

La troisième bénéficiaire était Fraisette dont l'ignoble tricherie à l'égard du bon Jules, ébauchée dès le premier jour où ils s'étaient rencontrés au Café des Amis, n'avait fait que s'amplifier en passant du protecteur, indispensable au bon exercice de sa profession de prostituée, à l'exécuteur d'un crime qui se révélait pour elle entièrement bénéfique : n'était-ce pas à son compte personnel que la rançon avait été versée ? Le jour où elle en aurait assez de Jules, elle trouverait bien un autre moyen pour se débarrasser de lui.

Le quatrième bénéficiaire paraissait logiquement être Jules qui allait retrouver la liberté. Mais de quoi exactement bénéficierait-il ? De l'argent de poche que Fraisette voudrait bien lui laisser pour qu'il puisse continuer à exercer un semblant d'activité au milieu des vieux habitués du bistrot de la grosse Marga ? De l'estime indéfectible de ces mêmes amis ? Mais il l'avait toujours connue cette affection qui existait avant même qu'il ne fasse la rencontre de Fraisette... De l'amour de Fraisette ? Son comportement dans l'acharnement dont elle avait fait preuve pour le contraindre moralement à tuer Carvault prouvait qu'elle n'était même pas capable de la moindre tendresse pour lui... De l'amour de sa petite Chris ? Peut-être serait-ce tout ce qui lui resterait pour ses vieux jours à condition que cette dernière, en grandissant, ne se rapproche pas de la mentalité foncièrement égoïste de sa mère... Pauvre Jules ! Son défenseur, qui, en fin de compte, ne regrettait pas tellement de l'avoir fait acquitter, se demandait s'il était opportun maintenant de le désigner nommément comme étant l'authentique assassin ? Et à quoi cela servirait-il, sinon à faire se déclencher un nouveau procès où Bournol ne serait plus tout seul dans le box des accusés où le rejoindraient Thérèse Vifral, le professeur et Fraisette...

Et que deviendrait celle qui un jour serait la cinquième bénéficiaire du crime, l'innocente Chris, puisqu'elle hériterait probablement de la fortune mal acquise, « sa dot future » comme disait sa mère... Ne fallait-il pas souhaiter que, le jour où elle serait en âge de comprendre les vilenies de l'existence, la jeune fille utiliserait cet argent pour s'arracher définitivement au milieu dans lequel elle a été élevée? N'était-ce pas affolant de penser qu'il avait fallu qu'un enfant de quatre ans soit assassiné pour qu'une autre enfant, du même âge, ait quelque chance de connaître plus tard une vie aisée? Ça frisait la démence.

Quelles étaient les victimes du crime?

Victor Deliot n'en voyait que deux : Bruno Carvault et sa mère.

Bruno qui, comme sa mère l'avait confié à la cour, voulait continuer à vivre pour pouvoir s'occuper, une fois libéré, de l'enfance malheureuse. Personne n'avait le droit de mettre en doute son repentir. Et rien ne prouvait qu'un jour il ne serait pas devenu utile et même nécessaire à cette société qui ne l'avait rejeté que provisoirement grâce à un verdict de semi-clémence?

Mme Carvault? De même que la mère de Serge en était la première bénéficiaire, elle devenait, par un étrange retour des choses, la plus grande victime du crime. Elle était la seule que l'on était en droit de plaindre sans aucune réticence. Et, pourtant, ce serait la seule qui saurait porter son chagrin jusqu'au bout avec dignité!

Tel était le bilan monstrueux de ceux et de celles qui avaient été, d'un côté ou de l'autre, les personnages essentiels de l'affaire.

Il ne restait plus pour l'avocat qu'à se pencher sur les conséquences générales qu'entraînerait l'une ou l'autre façon de mener le procès... Celui qui venait de prendre fin laissait l'impression de satisfaire tout le monde. Il était certain que, grâce à l'acquittement, bientôt on ne parlerait plus de « l'affaire Carvault » comme l'avait souhaité la mère de Serge. En se suicidant, « le monstre » avait payé. L'action était éteinte et la société était satisfaite. Elle attendrait un autre crime pour se repaître à nouveau d'opprobre ou de haine.

Le procès qui n'avait pas encore été fait méritait-il d'être étalé? « Malheur à celui par qui le scandale arrive! » pensait Deliot qui se refusait d'être un instrument de scandale. Et à qui profiterait-il? Il ne permettrait pas à Bruno Carvault de ressusciter... Il n'apporterait pas non plus le moindre sentiment de satisfaction à sa mère qui, plus que n'importe quelle femme au monde, réclamait le silence sur son calvaire... Et les autres, les prétendus bénéficiaires, ne méritaient-ils pas un châtiment? Ils l'auraient mais sans doute pas tout de suite...

Pendant les premiers temps qui suivraient l'acquittement obtenu, ils se réjouiraient certainement de pouvoir bénéficier des avantages sociaux ou matériels que venait de leur apporter le crime impuni. Peut-être même que, grâce à la patine lénifiante du temps, le sentiment d'avoir mal agi s'atténuerait dans leurs pensées mais, tôt ou tard, quand viendrait également pour chacun d'eux – n'est-ce pas la loi universelle? – le moment du grand jugement, ce serait tout autre chose! Alors surgirait, inexorable, la voix de leur conscience qui leur dirait : *Toi, Thérèse Vifral, qu'as-tu fait de ton jeune amant? Toi, le professeur, as-tu la certitude que ça t'ait apporté le bonheur de faire supprimer un homme parce que tu convoitais la fortune d'une riche veuve? Toi, la jolie putain qui te nommes Fraisette, as-tu vraiment été heureuse de bâtir ta fortune sur un crime? Et toi, mon bon Jules, n'as-tu pas honte de n'avoir pas su être, au moins une fois dans ta vie, un homme en refusant de tuer?* Tous, c'était certain, paieraient un jour...

La levée d'écrou était faite. Jules Bournol avait retrouvé la liberté. Fraisette et surtout Chris étaient là, amenée par la bonne voisine qui avait confié quelques mois plus tôt à Deliot que « le professeur » *était un homme tellement distingué* et à qui Fraisette avait téléphoné la veille au soir la bonne nouvelle. Les photographes aussi étaient là, mitraillant le rescapé et sa petite famille. C'était la joie et le triomphe du bon droit. Il y aurait d'abord, dans un restaurant situé à proximité de la prison, le déjeuner qui réconforterait... Après on prendrait sans tarder l'avion pour Marseille où, ce soir, ce serait du délire au Café des Amis. Et demain... Demain ? Mais, maintenant qu'on possédait ce que Jules appelait « de l'oseille », on pouvait tout attendre de demain !

– Maître ! cria Bournol en s'adressant à son défenseur qui était resté un peu en arrière en compagnie de M. Perrin, l'excellent directeur de sa précédente prison. Ce n'est pas possible que vous ne déjeuniez pas avec nous !

– Mais non ! répondit le vieil homme. Il est préférable que vous restiez entre vous... Je serais de trop ! Si les méandres de ma profession me ramènent un jour à Marseille, j'irai vous rendre visite et je vous promets que nous dégusterons tous le pastis de l'amitié chez la grosse Marga... Bonne chance, Bournol ! Et surtout bon appétit !

Après avoir regardé le petit groupe s'éloigner, l'avocat se retourna vers Perrin :

– Mon cher directeur, j'ai encore une toute petite question à vous poser... Auriez-vous par hasard entendu parler d'un certain André Mateur ? C'est un professeur qui réside, je crois, précisément dans cette même ville où est né Carvault et où il a commis son crime.

– Mateur ? Mais c'est pour moi un très vieil ami ! Plus ancien même que vous ! Nous avons fait nos études ensemble à Condorcet. Je ne l'ai d'ailleurs revu qu'une seule fois depuis cette époque... C'était un garçon très brillant ! Il s'est consacré à l'enseignement et moi...

– Aux prisons ! Quand l'avez-vous revu ?

– Il y a peut-être de cela sept ou huit mois... Je me

souviens : c'était justement à l'époque où l'on venait de transférer Carvault chez moi... Ce qui nous a donné l'occasion de parler de lui puisque Mateur m'a dit qu'il habitait dans la même ville et qu'il avait assisté là-bas à son procès.

– Que vous a-t-il dit de Carvault ?

– Ce que tout le monde savait déjà... Sa visite a d'ailleurs été très courte : ce ne fut que le bonjour amical d'un ancien camarade de bahut... Je me rappelle aussi qu'il a été assez étonné d'apprendre que l'administration pénitentiaire m'avait donné des instructions pour que Carvault soit incarcéré dans la même cellule qu'un autre détenu. Ça l'a même beaucoup amusé de voir que ce dernier était un truand comme Bournol.

– Pourquoi amusé ?

– Je ne sais pas. Je l'entends encore me dire au moment où il prenait congé : *C'est égal ! Flanquer un Bruno Carvault avec un truand... Cela me surprendrait que ça fasse un bon ménage !*

– Il avait raison, le professeur... A bientôt, mon cher directeur.

– Revenez plus souvent nous voir, mon cher maître !

– Revenir ici ? Pour cela, il faudrait que j'y aie au moins un client !

C'était aussi bêtement que le professeur avait appris, de la bouche même de son camarade de lycée, que le codétenu de Bruno Carvault se nommait Jules Bournol.

En rentrant chez lui, Deliot retrouva dans la loge sa concierge à qui il demanda par habitude :

– J'ai du courrier ?

– Non, maître. Aujourd'hui rien !

– Ça ne m'étonne pas... Voyez-vous, madame, s'il n'est pas tellement difficile de devenir célèbre pour un seul soir, c'est infiniment moins aisé d'être connu pendant toute une vie !

Et il commença à gravir l'escalier en essuyant une fois de plus ses lunettes...

Editions J'ai Lu, 31, rue de Tournon, 75006 Paris

diffusion
France et étranger : Flammarion, Paris
Suisse : Office du Livre, Fribourg
Canada : Flammarion Ltée, Montréal

Achevé d'imprimer sur les presses de l'imprimerie Brodard et Taupin
7, Bd Romain-Rolland, Montrouge. Usine de La Flèche,
le 16 mars 1981
6991-5 Dépôt Légal 1er trimestre 1981. ISBN : 2 - 277 - 21163 - X
Imprimé en France